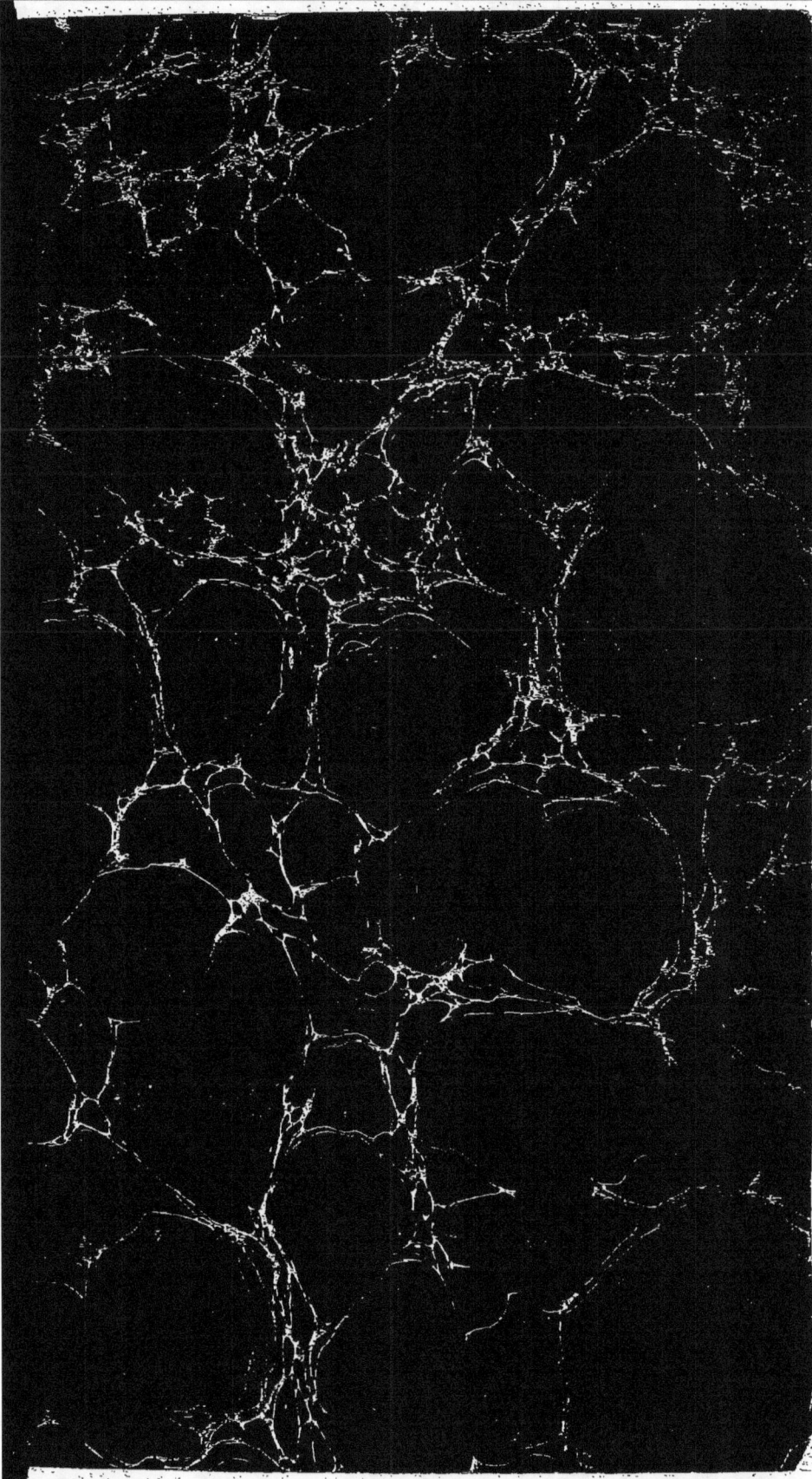

3511

LES CRIMES

DE

L'AMOUR.

Ve Réserve

LES CRIMES

DE

L'AMOUR,

NOUVELLES HÉROÏQUES

ET TRAGIQUES;

Précédés d'une IDÉE SUR LES ROMANS,
et ornés de gravures.

Par D. A. F. SADE, auteur d'Aline et Valcour.

Amour, fruit délicieux, que le Ciel permet à la terre
de produire pour le bonheur de la vie, pourquoi faut-il
que tu fasses naître des crimes? et pourquoi l'homme
abuse-t-il de tout?

Nuits D'Young.

TOME PREMIER.

A PARIS.

CHEZ MASSÉ, Editeur propriétaire, rue Helvétius,
n°. 580.

AN VIII.

AVIS DE L'EDITEUR.

Je déclare que je poursuivrai devant les tribunaux, tous *contrefacteurs, distributeurs* ou *débitans* d'édition contrefaite de la totalité ou de partie de ces Nouvelles, sous quelque titre qu'ils les fassent paraître ; et j'assure au citoyen qui me fera connaître les uns ou les autres, la moitié du dédommagement que la loi accorde.

Les deux exemplaires éxigés par la loi, sont déposés à la bibliothèque nationale.

Massé

IDÉE

SUR LES ROMANS.

On appelle roman, l'ouvrage *fabuleux* composé d'après les plus singulières aventures de la vie des hommes;

Mais pourquoi ce genre d'ouvrage porte-t-il le nom de roman?

Chez quel peuple devons-nous en chercher la source, quels sont les plus célèbres?

Et quelles sont enfin, les règles qu'il faut suivre pour arriver à la perfection de l'art de l'écrire?

Voilà les trois questions que nous nous proposons de traiter; commençons par l'étymologie du mot.

Rien ne nous apprenant le nom de cette composition chez les peuples de

a

l'antiquité, nous ne devons, ce me semble, nous attacher qu'à découvrir par quel motif elle porta chez nous, celui que nous lui donnons encore.

La langue *Romane* était comme on le sait, un mélange de l'idiôme celtique et latin, en usage sous les deux premières races de nos rois; il est assez raisonnable de croire que les ouvrages du genre dont nous parlons, composés dans cette langue, durent en porter le nom, et l'on dut dire *une romane*, pour exprimer l'ouvrage où il s'agissait d'aventures amoureuses, comme on a dit une *romance* pour parler des complaintes du même genre. En vain chercherait-on une étymologie différente à ce mot; le bon sens n'en offrant aucune autre, il paraît simple d'adopter celle-là.

Passons donc à la seconde question.

Chez quel peuple devons-nous trouver la source de ces sortes d'ouvrages, et quels sont les plus célèbres ?

L'opinion commune croit la décou-vrir chez les Grecs, elle passa de là chez les Mores, d'où les Espagnols la prirent, pour la transmettre ensuite à nos troubadours, de qui nos romanciers de chevalerie la reçurent.

Quoique je respecte cette filiation, et que je m'y soumette quelquefois, je suis loin cependant de l'adopter rigou-reusement; n'est-elle pas en effet bien difficile dans des siècles où les voyages étaient si peu connus, et les commu-nications si interrompues; il est des modes, des usages, des goûts qui ne se transmettent point; inhérens à tous les hommes, ils naissent naturellement avec eux : partout où ils existent, se retrou-vent des traces inévitables de ces goûts, de ces usages et de ces modes.

N'en doutons point : ce fut dans les contrées qui, les premières reconnu-rent des Dieux, que les romans prirent leur source, et par conséquent en Egypte, berceau certain de tous les

cultes ; à peine les hommes eurent-ils
soupçonnés des êtres immortels, qu'ils
les firent agir et parler ; dès lors, voilà
des métamorphoses, des fables, des pa-
raboles, des romans ; en un mot voilà
des ouvrages de fictions, dès que la fiction s'empare de l'esprit des hommes.
Voilà des livres fabuleux, dès qu'il est
question de chimères : quand les peuples,
d'abord guidés par des prêtres, après
s'être égorgés pour leurs fantastiques divinités, s'arment enfin pour leur rois
ou pour leur patrie, l'hommage offert
à l'héroïsme, balance celui de la superstition, non seulement on met, très-
sagement alors, les héros à la place des
Dieux, mais on chante les enfans de
Mars comme on avait célébré ceux du
ciel ; on ajoute aux grandes actions de
leur vie, ou, las de s'entretenir d'eux,
on crée des personnages qui leur ressemblent... qui les surpassent ; et bientôt de nouveaux romans paraissent, plus
vraisemblables sans doute, et bien plus

faits pour l'homme que ceux qui n'ont célébré que des fantômes. Hercule, (1) grand capitaine, dut vaillament combattre ses ennemis, voilà le héros et l'histoire; Hercule détruisant des monstres, pourfendant des géans, voilà le Dieu… la fable et l'origine de la superstition; mais de la superstition raisonnable, puisque celle-ci n'a pour base que la récompense de l'héroïsme, la reconnaissance due aux libérateurs d'une nation, au lieu que celle qui forge des êtres incréés, et jamais apperçus, n'a que la crainte, l'espérance, et le déréglement d'esprit pour motifs. Chaque peuple eut donc ses Dieux, ses demi-

(1) Hercule est un nom générique, composé de deux mots celtiques, *Her-Coule*, ce qui veut dire, monsieur le capitaine, *Hercoule* était le nom du général de l'armée, ce qui multiplia infiniment les *Hercoules*; la fable attribua ensuite à un seul, les actions merveilleuses de plusieurs.

(*Voy. hist. des Celtes, par* PELOUTIER).

dieux, ses héros, ses véritables histoires
et ses fables ; quelque chose comme on
vient de le voir, put être vrai dans ce
qui concernait les héros ; tout fut con-
trouvé, tout fut fabuleux dans le reste,
tout fut ouvrage d'invention, tout fut
roman, parce que les Dieux ne parlè-
rent que par l'organe des hommes, qui
plus ou moins intéressés à ce ridicule
artifice, ne manquèrent pas de composer le langage des fantômes de leur esprit, de tout ce qu'ils imaginèrent de
plus fait pour séduire ou pour effrayer,
et par conséquent de plus fabuleux ;
« c'est une opinion reçue, (dit le savant
» Huet) que le nom de roman se don-
» nait autrefois aux histoires, et qu'il
» s'appliqua depuis aux fictions, ce qui
» est un témoignage invincible que les
» uns sont venus des autres ».

Il y eut donc des romans écrits dans
toutes les langues, chez toutes les nations, dont le style et les faits se trou-
vèrent calqués, et sur les mœurs na-

tionales, et sur les opinions reçues par ces nations.

L'homme est sujet à deux faiblesses qui tiennent à son existence, qui la caractérisent. Par-tout il faut *qu'il prie*, par-tout il faut *qu'il aime*; et voilà la base de tous les romans; il en a fait pour peindre les êtres qu'il *implorait*, il en a fait pour célébrer ceux qu'il *aimait*. Les premiers dictés par la terreur ou l'espoir, durent être sombres, gigantesques, pleins de mensonges et de fictions; tels sont ceux qu'Esdras composa durant la captivité de Babylone. Les seconds, remplis de délicatesse et de sentimens; tel est celui de Théagène et de Chariclée, par Héliodore; mais comme l'homme *pria*, comme il *aima* par-tout, sur tous les points du globe qu'il habita, il y eut des romans, c'est-à-dire des ouvrages de fictions qui, tantôt peignirent les objets fabuleux de son culte, tantôt ceux plus réels de son amour.

Il ne faut donc pas s'attacher à trou-

ver la source de ce genre d'écrire, chez
telle ou telle nation de préférence; on
doit se persuader par ce qui vient d'être
dit, que toutes, l'ont plus ou moins em-
ployé, en raison du plus ou moins de
penchant qu'elles ont éprouvé, soit à
l'amour, soit à la superstition.

Un coup-d'œil rapide maintenant sur
les nations, qui ont le plus accueilli ces
ouvrages, sur ces ouvrages mêmes, et
sur ceux qui les ont composé; amenons
le fil jusqu'à nous, pour mettre nos lecteurs à même d'établir quelques idées de
comparaison.

Aristide de Milet est le plus ancien
romancier dont l'antiquité parle; mais
ses ouvrages n'existent plus. Nous savons
seulement qu'on nommait ses contes,
les milésiaques; un trait de la préface
de l'âne d'or, semble prouver que les
productions d'Aristide étaient licen-
cieuses, *je vais écrire dans ce genre*,
dit Apulée en commençant son âne
d'or.

Antoine Diogène, contemporain d'A-
lexandre, écrivit d'un style plus châtié
les amours de Dinias et de Dercillis,
roman plein de fictions, de sortiléges,
de voyages et d'aventures fort extraordinaires, que le Seurre copia en 1745
dans un petit ouvrage plus singulier
encore; car non content de faire comme
Diogène, voyager ses héros dans des
pays connus, il les promène tantôt dans
la lune, et tantôt dans les enfers.

Viennent ensuite les aventures de Si-
nonis et de Rhodanis, par Jamblique;
les amours de Théagène et de Chariclée, que nous venons de citer; la Ci-
ropédie, de Xénophon; les amours de
Daphnis et Chloé, de Longus; ceux
d'Ismène et d'Isménie, et beaucoup
d'autres, ou traduits, ou totalement ou-
bliés de nos jours.

Les Romains plus portés à la critique,
à la méchanceté qu'à l'amour ou qu'à la
prière, se contentèrent de quelques
satyres, telle que celles de Pétrone et de

v

Varron, qu'il faudrait bien se garder de classer au nombre des romans.

Les Gaulois, plus près de ces deux faiblesses, eurent leurs bardes qu'on peut regarder comme les premiers romanciers de la partie de l'Europe que nous habitons aujourd'hui. La profession de ces bardes, dit Lucain, était d'écrire en vers, les actions immortelles des héros de leur nation, et de les chanter au son d'un instrument qui ressemblait à la lyre ; bien peu de ces ouvrages sont connus de nos jours. Nous eûmes ensuite, les faits et gestes de Charles-le-Grand, attribués à l'archevêque Turpin, et tous les romans de la table ronde, les Tristan, les Lancelot de lac, les Perce-Forêts, tous écrits dans la vue d'immortaliser des héros connus, ou d'en inventer d'après ceux-là qui, parés par l'imagination, les surpassassent en merveilles ; mais quelle distance de ces ouvrages longs, ennuyeux, empestés de superstition, aux romans grecs qui les avaient précédés ! Quelle barbarie, quelle grossièreté succédaient aux romans pleins de goût et d'agréables fictions, dont les Grecs nous avaient donné les modèles ; car bien qu'il y en eût sans doute d'autres avant eux, au moins alors ne connaissait-on que ceux-là.

Les troubadours parurent ensuite ; et quoiqu'on doive les regarder, plutôt comme des poëtes, que comme des romanciers, la multitude de jolis contes qu'ils composèrent en prose, leur obtiennent cependant avec juste raison, une place parmi les écrivains dont nous parlons. Qu'on jette, pour s'en convaincre, les yeux sur leurs fabliaux, écrits en langue *romane*, sous le règne de Hugues Capet, et que l'Italie copia avec tant d'empressement.

Cette belle partie de l'Europe, encore gémissante sous le joug des Sarrasins, encore loin de l'époque où elle devait être le berceau de la renaissance des arts, n'avait presque point eu de romanciers jusqu'au dixième siècle; ils y parurent à-peu-près à la même époque que nos trou-badours en France, et les imitèrent; mais osons convenir de cette gloire, ce ne furent point les Italiens qui devinrent nos maîtres dans cet art, comme le dit La-harpe, (pag. 242, vol. 3) ce fut au con-traire chez nous qu'ils se formèrent; ce fut à l'école de nos troubadours que Dante, Bocace, Tassoni, et même un peu Pétrarque, esquissèrent leurs com-positions; presque toutes les nouvelles de Bocace, se retrouvent dans nos fabliaux.

Il n'en est pas de même des Espagnols, instruits dans l'art de la fiction, par les Mores, qui eux-mêmes le tenaient des Grecs, dont ils possédaient tous les ouvrages de ce genre, traduits en Arabe, ils firent de délicieux romans, imités par nos écrivains, nous y reviendrons.

A mesure que la galanterie prit une face nouvelle en France, le roman se perfectionna, et ce fut alors, c'est-à-dire au commencement du siècle dernier que Durfé écrivit son roman de l'Astrée qui nous fit préférer, à bien juste titre, ses charmans bergers du Lignon aux preux extravagans des onzième et douzième siècles ; la fureur de l'imitation, s'empara dès-lors de tous ceux à qui la nature avait donné le goût de ce genre; l'étonnant succès de l'Astrée, que l'on lisait encore au milieu de ce siècle, avait absolument embrasé les têtes, et on l'imita sans l'atteindre. Gomberville, la Calprenède, Desmarets, Scudéri, crurent surpasser leur original, en mettant des princes ou des rois, à la place des bergers du Lignon, et ils retombèrent dans le défaut qu'évitait leur modèle; la Scudéri fit la même faute que son frère ; comme lui, elle voulut ennoblir le genre de Durfé, et comme lui, elle mit d'ennuyeux héros à la place de jolis bergers. Au lieu de représenter dans la personne de Cirus un roi tel que le peint Hérodote ; elle composa un Artamène plus fou que tous les personnages de l'Astrée... un amant qui ne sait que pleurer du matin au soir, et dont les langueurs excèdent au lieu d'intéresser ; mêmes inconvéniens dans sa Clélie où elle prête aux Romains qu'elle dénature, toutes les extravagances des modèles qu'elle suivait, et qui jamais n'avaient été mieux défigurés.

Qu'on nous permette de rétrograder un instant, pour accomplir la promesse que nous venons de faire de jeter un coup-d'œil sur l'Espagne.

Certes, si la chevalerie avait inspiré nos romanciers en France, à quel dégré n'avait-elle pas également monté les têtes au-delà des monts ? Le catalogue de la bibliothèque de dom Quichotte, plaisamment fait par Miguel Cervantes, le démontre évidemment ; mais quoiqu'il en puisse être, le célèbre auteur des mémoires du plus grand fou qui ait pu venir à l'esprit d'un romancier, n'avait assurément point de rivaux. Son

immortel ouvrage connu de toute la
terre, traduit dans toutes les langues,
et qui doit se considérer comme le premier de tous les romans, possède sans
doute plus qu'aucun d'eux, l'art de nar-
rer, d'entremêler agréablement les aventures, et particulièrement d'instruire en
amusant. *Ce livre*, disait St.-Evremond,
*est le seul que je relis sans m'ennuyer,
et le seul que je voudrais avoir fait.*
Les douze nouvelles du même auteur,
remplies d'intérêt, de sel et de finesse,
achèvent de placer au premier rang ce
célèbre écrivain espagnol, sans lequel
peut-être nous n'eussions eu, ni le
charmant ouvrage de Scarron, ni la
plupart de ceux de Lesage.

Après Durfé et ses imitateurs, après
les Ariane, les Cléopâtre, les Phara-
mond, les Polixandre, tous ces ouvrages
enfin où le héros soupirant neuf volumes, était bien heureux de se marier au dixième; après, dis-je, tout ce
fatras inintelligible aujourd'hui, parut

madame de Lafayette, qui quoique séduite par le langoureux ton qu'elle
trouva établi dans ceux qui la précé-
daient abrégea néanmoins beaucoup; et
en devenant plus concise, elle se rendit
plus intéressante. On a dit, parce qu'elle
était femme, (comme si ce sexe, naturellement plus délicat, plus fait pour
écrire le roman, ne pouvait en ce
genre, prétendre à bien plus de lauriers que nous) on a prétendu dis-je,
qu'infiniment aidée, Lafayette n'a-
vait fait ses romans qu'avec le secours
de Larochefoucaut pour les pensées, et
de Segrais pour le style; quoiqu'il en
soit, rien d'intéressant comme Zaïde,
rien d'écrit agréablement comme la princesse de Clèves. Aimable et charmante
femme, si les grâces tenaient ton pinceau, n'était-il donc pas permis à l'amour,
de le diriger quelquefois ?

Fénélon parut, et crut se rendre intéressant, en dictant poétiquement, une
leçon à des souverains, qui ne la suivirent

jamais ; voluptueux amant de *Guion*, ton âme avait besoin d'aimer , ton esprit éprouvait celui de peindre ; en abandonnant le pédantisme , ou l'orgueil d'apprendre à régner, nous eussions eu de toi des chef-d'œuvres , au lieu d'un livre qu'on ne lit plus. Il n'en sera pas de même de toi, délicieux Scarron, jusqu'à la fin du monde , ton immortel roman fera rire, tes tableaux ne vieilliront jamais. Télémaque qui n'avait qu'un siècle à vivre, périra sous les ruines de ce siècle qui n'est déjà plus ; et tes comédiens du Mans, cher et aimable enfant de la folie, amuseront même les plus graves lecteurs , tant qu'il y aura des hommes sur la terre.

Vers la fin du même siècle , la fille du célèbre Poisson, (madame de Gomez) dans un genre bien différent, que les écrivains de son sexe qui l'avaient précédé , écrivit des ouvrages, qui pour cela n'en étaient pas moins agréables; et ses journées amusantes, ainsi que ses cent nouvelles nouvelles, feront toujours, malgré bien des défauts, le fond de la bibliothèque de tous les amateurs de ce genre. Gomez entendait son art, on ne saurait lui refuser ce juste éloge. Mademoiselle de Lussan, mesdames de Tensin, de Graffigni, Elie de Beaumont et Riccoboni la rivalisèrent ; leurs écrits pleins de délicatesse et de goût, honorent assurément leur sexe. Les lettres Péruviennes de Graffigni seront toujours un modèle de tendresse et de sentiment, comme celles de myladi Castesbi par Riccoboni, pourront éternellement servir à ceux, qui ne prétendent qu'à la grâce et à la légèreté du style. Mais reprenons le siècle où nous l'avons quitté, pressés par le desir de louer des femmes aimables, qui donnaient en ce genre, de si bonnes leçons aux hommes.

L'épicuréisme des Ninon-de-Lenclos, des Marion-de-Lorme, des marquis de Sévigné et de Lafare, des Chaulieu, des St.-Evremond, de toute cette société charmante enfin, qui, revenue des langueurs du Dieu de Cythère, commençait à penser comme Buffon, *qu'il n'y avait de bon en amour que le physique*, changea bientôt le ton des romans; les écrivains qui parurent ensuite, sentirent, que les fadeurs n'amuseraient plus un siècle perverti par le régent, un siècle revenu des folies chevaleresques, des extravagances religieuses, et de l'adoration des femmes; et trouvant plus simple d'amuser ces femmes ou de les corrompre, que de les servir ou de les encenser, ils créèrent des évènemens, des tableaux, des conversations plus à l'esprit du jour; ils enveloppèrent du cynisme, des immoralités, sous un style agréable et badin, quelquefois même philosophique, et plurent au moins s'ils n'instruisirent pas.

Crébillon écrivit le Sopha, Tanzaï, les égaremens de cœur et d'esprit, etc. Tous romans qui flattaient le vice et s'é-

loignaient de la vertu ; mais qui, lorsqu'on les donna, devaient prétendre
aux plus grands succès.

Marivaux, plus original dans sa manière de peindre, plus nerveux, offrit
au moins des caractères, captiva l'âme,
et fit pleurer ; mais comment avec une
telle énergie, pouvait-on avoir un style
aussi précieux, aussi maniéré ? Il prouva
bien que la nature n'accorde jamais au
romancier tous les dons nécessaires à la
perfection de son art.

Le but de Voltaire fut tout différent,
n'ayant d'autre dessein que de placer de
la philosophie dans ses romans, il abandonna tout, pour ce projet. Avec quelle
adresse il y réussit ; et malgré toutes les
critiques, Candide et Zadig ne seront-ils
pas toujours des chefs-d'œuvres !

Rousseau, à qui la nature avait ac-
cordé en délicatesse, en sentiment, ce
qu'elle n'avait donné qu'en esprit à Voltaire, traita le roman d'une bien autre
façon. Que de vigueur, que d'énergie

dans l'Héloïse; lorsque Momus dictait Candide à Voltaire, l'amour lui-même traçait de son flambeau, toutes les pages brûlantes de Julie, et l'on peut dire avec raison que ce livre sublime, n'aura jamais d'imitateurs; puisse cette vérité faire tomber la plume des mains, à cette foule d'écrivains éphémères qui, depuis trente ans ne cessent de nous donner de mauvaises copies de cet immortel original; qu'ils sentent donc, que pour l'atteindre, il faut une âme de feu comme celle de Rousseau, un esprit philosophe comme le sien, deux choses, que la nature ne réunit pas deux fois dans le même siècle.

Au travers de tout cela, Marmontel nous donnait des contes, qu'il appellait *Moraux*, non pas (dit un littérateur estimable) qu'ils enseignassent la morale, mais parce qu'ils peignaient nos mœurs, cependant un peu trop dans le genre maniéré de Marivaux; d'ailleurs que sont ces contes ? des puérilités, uniquement écrites pour les femmes et pour les enfans, et qu'on ne croira jamais de la même main que Bélisaire, ouvrage qui suffisait seul à la gloire de l'auteur; celui qui avait fait le quinzième chapitre de ce livre, devait-il donc prétendre à la petite gloire de nous donner des contes *à l'eau-rose*.

Enfin les romans anglais, les vigoureux ouvrages de Richardson et de Fielding, vinrent apprendre aux Français, que ce n'est point en peignant les fastidieuses langueurs de l'amour, ou les ennuyeuses conversations des ruelles, qu'on peut obtenir des succès dans ce genre; mais en traçant des caractères mâles, qui, jouets et victimes, de cette effervescence du cœur connue sous le nom d'amour, nous en montrent à-la-fois et les dangers et les malheurs; de là seul peuvent s'obtenir ces développemens, ces passions si bien tracés dans les romans anglais. C'est Richardson, c'est Fielding qui nous ont appris que l'étude

profonde du cœur de l'homme, véritable
dédale de la nature, peut seul inspirer
le romancier, dont l'ouvrage doit nous
faire voir l'homme, non pas seulement
ce qu'il est, ou ce qu'il se montre, c'est
le devoir de l'historien, mais tel qu'il
peut être, tel que doivent le rendre les
modifications du vice, et toutes les secousses des passions; il faut donc les
connaître toutes, il faut donc les employer toutes, si l'on veut travailler ce
genre; là, nous apprimes aussi, que ce
n'est pas toujours en faisant triompher
la vertu qu'on intéresse; qu'il faut y
tendre bien certainement autant qu'on
le peut, mais que cette règle, ni dans la
nature, ni dans Aristote, mais seulement
celle, à laquelle nous voudrions que tous
les hommes s'assujettissent pour notre
bonheur, n'est nullement essentielle
dans le roman, n'est pas même celle,
qui doit conduire à l'intérêt; car lorsque
la vertu triomphe, les choses étant ce
qu'elles doivent être, nos larmes sont

taries avant que de couler ; mais si après
les plus rudes épreuves, nous voyons
enfin la vertu terrassée par le vice, in-
dispensablement nos âmes se déchirent,
et l'ouvrage nous ayant excessivement
émus, ayant, comme disait Diderot,
ensanglanté nos cœurs au revers, doit
indubitablement produire l'intérêt, qui
seul assure des lauriers.

Que l'on réponde : si après douze ou
quinze volumes, l'immortel Richardson
eût *vertueusement* fini par convertir
Lovelace , et par lui faire *paisiblement*
épouser Clarisse, eût-on versé à la lecture de ce roman, pris dans le sens
contraire, les larmes délicieuses qu'il
obtient de tous les êtres sensibles ? c'est
donc la nature qu'il faut saisir quand on
travaille ce genre, c'est le cœur de
l'homme ; le plus singulier de ses ouvrages ; et nullement la vertu, parce
que la vertu, quelque belle, quelque
nécessaire qu'elle soit, n'est pourtant
qu'un des modes de ce cœur étonnant,

dont

dont la profonde étude est si nécessaire au romancier, et que le roman, miroir fidèle de ce cœur, doit nécessairement en tracer tous les plis.

Savant traducteur de Richardson, Prévôt, toi, à qui nous devons d'avoir fait passer dans notre langue, les beautés de cet écrivain célèbre, ne t'es-t-il pas dû pour ton propre compte un tribut d'éloges, aussi bien mérité ; et n'est-ce pas à juste titre qu'on pourrait t'appeller *le Richardson français* ; toi seul eûs l'art d'intéresser long-tems par des fables implexes, en soutenant toujours l'intérêt, quoiqu'en le divisant ; toi seul, ménageas toujours assez bien tes épisodes, pour que l'intrigue principale dût plutôt gagner que perdre à leur multitude ou à leur complication ; ainsi cette quantité d'événemens que te reproche Laharpe, est non-seulement ce qui produit chez toi le plus sublime effet, mais en même-temps ce qui prouve le mieux, et la bonté de ton esprit, et l'excellence

b

de ton génie. «Les mémoires d'un homme
» de qualité, enfin (pour ajouter à
ce que nous pensons de Prévôt, ce que
d'autres que nous ont également pensé)
» Cléveland, l'Histoire d'une Grecque
» moderne, le Monde moral, Manon-
» Lescaut, surtout (1) sont remplis de ces
» scènes attendrissantes et terribles, qui
» frappent et attachent invinciblement;
» les situations de ces ouvrages, heu-
» reusement ménagées, amènent de ces
» momens où la nature frémit d'hor-

---

(1) Quelles larmes que celles qu'on verse à
la lecture de ce délicieux ouvrage! comme la
nature y est peinte, comme l'intérêt s'y sou-
tient, comme il augmente par degrés, que
de difficultés vaincues! que de philosophie
à avoir fait ressortir tout cet intérêt, d'une fille
perdue; dirait-on trop, en osant assurer que
cet ouvrage a des droits au titre de notre
meilleur roman, ce fut là où Rousseau vit,
que malgré des imprudences et des étourde-
ries, une héroïne pouvait prétendre encore
à nous attendrir, et peut-être n'eussions-nous
jamais eu Julie, sans Manon Lescaut.

» reur, etc. » Et voilà ce qui s'appelle écrire le roman ; voilà ce qui dans la postérité, assure à Prévôt une place où ne parviendra nul de ses rivaux.

Vinrent ensuite les écrivains du milieu de ce siècle : Dorat aussi maniéré que Marivaux, aussi froid, aussi peu moral que Crébillon; mais écrivain plus agréable que les deux à qui nous le comparons ; la frivolité de son siècle excuse la sienne, et il eut l'art de la bien saisir.

Auteur charmant de la reine de Golconde, me permets-tu de t'offrir un laurier ? On eut rarement un esprit plus agréable, et les plus jolis contes du siècle, ne valent pas celui qui t'immortalise; à la fois plus aimable, et plus heureux qu'Ovide, puisque le Héros-Sauveur de la France, prouve, en te rappellant au sein de ta patrie, qu'il est autant l'ami d'Apollon que de Mars, réponds à l'espoir de ce grand homme, en ajoutant encore quelques jolies roses sur le sein de ta belle Aline.

ij

Darnaud, émule de Prévôt, peut souvent prétendre à le surpasser , tous deux trempèrent leurs pinceaux dans le Styx ; mais Darnaud, quelquefois adoucit le sien sur les fleurs de l'Elysée, Prévôt plus énergique , n'altéra jamais les teintes de celui dont il traça Cléveland.

R… inonde le public , il lui faut une presse au chevet de son lit; heureusement qne celle-là toute seule, gémira de ses *terribles productions*; un style bas et rampant, des aventures dégoûtantes, toujours puisées dans la plus mauvaise compagnie ; nul autre mérite enfin, que celui d'une prolixité… dont les seuls marchands de poivre le remercieront.

Peut-être devrions-nous analyser ici ces romans nouveaux, dont le sortilége et la fantasmagorie composent à-peu-près tout le mérite, en plaçant à leur tête *le Moine*, supérieur, sous tous les rapports, aux bisarres élans de la brillante imagination de *Radgliffe*; mais cette

dissertation serait trop longue, conve-
nons seulement que ce genre, quoiqu'on en puisse dire, n'est assurément
pas sans mérite; il devenait le fruit
indispensable des secousses révolution-
naires, dont l'Europe entière se ressen-
tait. Pour qui connaissait tous les malheurs dont les méchans peuvent accabler les hommes, le roman devenait
aussi difficile à faire, que monotone à
lire; il n'y avait point d'individus qui
n'eût plus éprouvé d'infortunes en quatre
ou cinq ans, que n'en pouvait peindre
en un siècle, le plus fameux romancier
de la littérature; il fallait donc appeller
l'enfer à son secours, pour se composer
des titres à l'intérêt, et trouver dans le
pays des chimères, ce qu'on savait cou-
ramment en ne fouillant que l'histoire
de l'homme dans cet âge de fer. Mais
que d'inconvéniens présentait cette manière d'écrire! l'auteur du *Moine* ne les
a pas plus évité que *Radgliffe*; ici nécessairement de deux choses l'une, ou

iij

il faut développer le sortilége, et dès-lors vous n'intéressez plus, ou il ne faut jamais lever le rideau, et vous voilà dans la plus affreuse invraisemblance. Qu'il paraisse dans ce genre un ouvrage as-sez bon, pour atteindre le but sans se briser contre l'un ou l'autre de ces écueils, loin de lui reprocher ses moyens, nous l'offrirons alors comme un modèle.

Avant que d'entamer notre troisième et dernière question, *quelles sont les règles de l'art d'écrire le roman ?* nous devons ce me semble répondre à la per-pétuelle objection de quelques esprits atrabilaires, qui, pour se donner le ver-nis d'une morale, dont souvent leur cœur est bien loin, ne cessent de vous dire, *à quoi servent les romans ?*

A quoi ils servent, hommes hypocrites et pervers ; car vous seuls faites cette ridicule question ; ils servent à vous peindre, et à vous peindre tels que vous êtes, orgueilleux individus qui voulez vous soustraire au pinceau, parce que vous en redoutez les effets : le roman étant, s'il est possible de s'exprimer ainsi, *le tableau des mœurs séculaires*, est aussi essentiel que l'histoire, au philosophe qui veut connaître l'homme ; car le burin de l'une, ne le peint que lorsqu'il se fait voir ; et alors ce n'est plus lui ; l'ambition, l'orgueil couvrent son front d'un masque qui ne nous représente que ces deux passions, et non l'homme ; le pinceau du roman, au contraire, le saisit dans son intérieur.... le prend quand il quitte ce masque, et l'esquisse bien plus intéressante, est en même-temps bien plus vraie, voilà l'utilité des romans ; froids censeurs qui ne les aimez pas, vous ressemblez à ce cul-de-jatte qui disait aussi, *et pourquoi fait-on des portraits ?*

S'il est donc vrai que le roman soit utile, ne craignons point de tracer ici quelques-uns des principes que nous croyons nécessaires à porter ce genre à sa perfection ; je sens bien qu'il est difficile de remplir cette tâche sans donner des armes contre moi ; ne deviens-je pas doublement coupable de n'avoir pas *bien fait*, si je prouve que je sais ce qu'il faut pour *faire bien*. Ah ! laissons ces vaines considérations, qu'elles s'immolent à l'amour de l'art.

La connaissance la plus essentielle qu'il exige est bien certainement celle du cœur de l'homme. Or, cette connaissance importante, tous les bons esprits nous approuveront sans doute en affirmant qu'on ne l'acquiert que par des *malheurs* et par des *voyages ;* il faut avoir vu des hommes de toutes les nations pour les bien connaître, et il faut avoir été leur victime pour savoir les apprécier ; la main de l'infortune, en exaltant le caractère de celui qu'elle écrase, le met à la juste distance où il faut qu'il soit pour étudier les hommes, il les voit de là, comme le passager apperçoit les flots en fureur se briser contre l'écueil sur lequel l'a jeté la tempête ; mais dans quel-

que situation que l'ait placé la nature
ou le sort, s'il veut connaître les hommes,
qu'il parle peu quand il est avec eux; on
n'apprend rien quand on parle, on ne
s'instruit qu'en écoutant; et voilà pourquoi les bavards ne sont communément
que des sots.

O toi qui veux parcourir cette épi-
neuse carrière! ne perds pas de vue que
le romancier est l'homme de la nature,
elle l'a créé pour être son peintre; s'il
ne devient pas l'amant de sa mère dès
que celle-ci l'a mis au monde, qu'il
n'écrive jamais; nous ne le lirons point;
mais s'il éprouve cette soif ardente de
tout peindre, s'il entr'ouvre avec fré-
missement le sein de la nature, pour y
chercher son art et pour y puiser des
modèles, s'il a la fièvre du talent, et l'en-
thousiasme du génie, qu'il suive la main
qui le conduit, il a deviné l'homme, il
le peindra ; maîtrisé par son imagination qu'il y cède, qu'il embellisse ce
qu'il voit : le sot cueille une rose et l'é-

feuille, l'homme de génie la respire et la peint : voilà celui que nous lirons.

Mais en te conseillant d'embellir, je te défends de t'écarter de la vraisemblance : le lecteur a droit de se fâcher quand il s'apperçoit que l'on veut trop exiger de lui ; il voit bien qu'on cherche à le rendre dupe ; son amour-propre en souffre, il ne croit plus rien, dès qu'il soupçonne qu'on veut le tromper.

Contenu d'ailleurs par aucune digue, use, à ton aise, du droit de porter atteinte à toutes les anecdotes de l'histoire, quand la rupture de ce frein devient nécessaire aux plaisirs que tu nous prépares ; encore une fois, on ne te demande point d'être vrai, mais seulement d'être vraisemblable ; trop exiger de toi serait nuire aux jouissances que nous en attendons : ne remplace point cependant le vrai, par l'impossible, et que ce que tu inventes soit bien dit ; on ne te pardonne de mettre ton imagination à la place de la vérité que sous la clause

expresse d'orner et d'éblouir. On n'a
jamais le droit de mal dire, quand
on peut dire tout ce qu'on veut; si tu
n'écris comme R...... *que ce que tout
le monde sait*, dusses-tu, comme lui,
nous donner quatre volumes par mois,
ce n'est pas la peine de prendre la plume:
personne ne te contraint au métier que
tu fais ; mais si tu l'entreprends, fais le
bien. Ne l'adopte pas sur-tout comme un
secours à ton existence ; ton travail se
ressentirait de tes besoins, tu lui trans-
mettrais ta faiblesse ; il aurait la pâ-
leur de la faim : d'autres métiers se
présentent à toi ; fais des souliers, et
n'écris point des livres. Nous ne t'en es-
timerons pas moins, et comme tu ne
nous ennuiras pas, nous t'aimerons peut-
être davantage.

Une fois ton esquisse jetée, travaille
ardemment à l'étendre, mais sans te
resserrer dans les bornes qu'elle paraît
d'abord te prescrire, tu deviendrais

maigre et froid avec cette méthode ; ce
sont des élans que nous voulons de
toi, et non pas des règles ; dépasse tes
plans, varie-les, augmente-les ; ce n'est
qu'en travaillant que les idées viennent.
Pourquoi ne veux-tu pas que celle qui
te presse quand tu composes, soit aussi
bonne que celle dictée par ton esquisse ?
Je n'exige essentiellement de toi qu'une
seule chose, c'est de soutenir l'intérêt
jusqu'à la dernière page ; tu manques
le but, si tu coupes ton récit par des in-
cidens, ou trop répétés, ou qui ne tiennent
pas au sujet ; que ceux que tu te per-
mettras soient encore plus soignés que
le fonds : tu dois des dédommagemens
au lecteur quand tu le forces de quitter ce qui l'intéresse, pour entamer
un incident. Il peut bien te permettre de l'interrompre, mais il ne
te pardonnera pas de l'ennuyer ; que
tes épisodes naissent toujours du fond
du sujet et qu'ils y rentrent ; si tu fais

voyager tes héros, connais bien le pays
où tu les mènes, porte la magie au point
de m'identifier avec eux ; songe que
je me promène à leurs côtés, dans
toutes les régions où tu les places ;
et que peut-être plus instruit que toi,
je ne te pardonnerai ni une invraisemblance de mœurs, ni un défaut de
costume, encore moins une faute de
géographie : comme personne ne te contraint à ces échappées, il faut que tes des-
criptions locales soient réelles, ou il faut
que tu restes au coin de ton feu; c'est le
seul cas dans tous tes ouvrages où l'on ne
puisse tolérer l'invention, à moins que les
pays où tu me transportes ne soient ima-
ginaires, et, dans cette hypothèse encore,
j'exigerai toujours du vraisemblable.

Evite l'afféterie de la morale ; ce
n'est pas dans un roman qu'on la
cherche; si les personnages que ton plan
nécessite, sont quelquefois contrains à
raisonner, que ce soit toujours sans af-

fectation, sans la prétention de le faire,
ce n'est jamais l'auteur qui doit mora-
liser, c'est le personnage, et encore ne
lui permet-on, que quand il y est forcé
par les circonstances.

Une fois au dénouement, qu'il soit naturel, jamais contraint, jamais machiné,
mais toujours né des circonstances ; je
n'exige pas de toi, comme les auteurs
de l'Encyclopédie, qu'il soit *conforme
au desir du lecteur* ; quel plaisir lui
reste-t-il quand il a tout deviné ? le dénouement doit être tel, que les événemens le préparent, que la vraisemblance
l'exige, que l'imagination l'inspire ; et
avec ces principes que je charge ton
goût et ton esprit d'étendre, si tu ne
fais pas bien, au moins feras-tu mieux
que nous ; car, il faut en convenir, dans
les nouvelles que l'on va lire, le vol
hardi que nous nous sommes permis de
prendre, n'est pas toujours d'accord avec
la sévérité des règles de l'art ; mais nous

espérons que l'extrême vérité des caractères en dédommagera peut-être ; la
nature plus bisarre que les moralistes
ne nous la peignent, s'échappe à tout
instant des digues que la politique de
ceux-ci voudrait lui prescrire ; uniforme
dans ses plans , irrégulière dans ses
effets, son sein toujours agité, ressemble
au foyer d'un volcan , d'où s'élancent
tour-à-tour, ou des pierres précieuses
servant au luxe des hommes, ou des glo-
bes de feu qui les anéantissent ; grande,
quand elle peuple la terre et d'Antonin
et de Titus; affreuse ; quand elle y vomit des Andronics ou des Nérons ; mais
toujours sublime , toujours majestueuse,
toujours digne de nos études , de nos
pinceaux et de notre respectueuse admiration , parce que ses desseins nous
sont inconnus, qu'esclaves de ses caprices ou de ses besoins, ce n'est jamais
sur ce qu'ils nous font éprouver que
nous devons régler nos sentimens pour
elle , mais sur sa grandeur, sur son éner-

gie, quelque puissent en être les ré-
sultats.

A mesure que les esprits se corrompent, à mesure qu'une nation vieillit, en
raison de ce que la nature est plus étu-
diée, mieux analysée, que les préjugés
sont mieux détruits, il faut la faire connaître davantage. Cette loi est la même
pour tous les arts; ce n'est qu'en avançant qu'ils se perfectionnent, ils n'arri-
vent au but que par des essais. Sans doute
il ne fallait pas aller si loin dans ces tems
affreux de l'ignorance, où courbés sous
les fers religieux, on punissait de mort
celui qui voulait les apprécier, où les
bûchers de l'inquisition devenaient le
prix des talens; mais dans notre état
actuel, partons toujours de ce principe,
quand l'homme a soupesé tous ses freins,
lorsque d'un regard audacieux, son œil
mesure ses barrières, quand, à l'exemple
des Titans, il ose jusqu'au ciel porter sa
main hardie, et qu'armé de ses passions, comme ceux-ci l'étaient des laves

du Vésuve, il ne craint plus de dé-
clarer la guerre à ceux qui le faisaient
frémir autrefois,quand ses *écarts* mêmes
ne lui paraissent plus que des *erreurs*
légitimées par ses études, ne doit-on pas
alors lui parler avec la même énergie
qu'il employe lui-même à se conduire ?
l'homme du dix-huitième siècle , en un
mot, est-il donc celui du onzième ?

Terminons par une assurance positive ;
que les nouvelles que nous donnons aujourd'hui, sont absolument neuves, et
nullement brodées sur des fonds connus.
Cette qualité est peut-être de quelque
mérite dans un temps où tout semble
être *fait,* où l'imagination épuisée des
auteurs paraît ne pouvoir plus rien créer
de nouveau, et où l'on n'offre plus au
public que des compilations, des extraits
ou des traductions.

Cependant la Tour Enchantée, et la
Conspiration d'Amboise, ont quelques
fondemens historiques ; on voit, à la
sincérité de nos aveux, combien nous

sommes loin de vouloir tromper le lecteur; il faut être original dans ce genre,
ou ne pas s'en mêler.

Voici ce que dans l'une et l'autre
de ces nouvelles, on peut trouver aux
sources que nous indiquons.

L'historien arabe *Abul-cœcim-terif-
aben-tariq*, écrivain assez peu connu de
nos littérateurs du jour, rapporte ce qui
suit, à l'occasion de la Tour Enchantée.

» Rodrigue, prince efféminé, attirait
» à sa cour, par principe de volupté, les
» filles de ses vassaux, et il en abusait.
» De ce nombre, fut Florinde, fille du
» comte Julien. Il la viola. Son père, qui
» était en Afrique, reçut cette nouvelle
» par une lettre allégorique de sa fille;
» il souleva les Mores, et revint en Es-
» pagne à leur tête ; Rodrigue ne sait
» que faire, nul fonds dans ses trésors,
» aucune place, il va fouiller la Tour
» Enchantée près de Tolède, où on lui
» dit qu'il doit trouver des sommes im-
» menses ; il y pénètre, et voit une sta-

» tue du Temps qui frappe de sa massue,
» et qui, par une inscription, annonce
» à Rodrigue toutes les infortunes qui
» l'attendent; le prince avance, et voit
» une grande cuve d'eau, mais point
» d'argent; il revient sur ses pas; il fait
» fermer la tour; un coup de tonnerre
» emporte cet édifice, il n'en reste plus
» que des vestiges. Le roi, malgré ces
» funestes pronostics, assemble une ar-
» mée, se bat huit jours près de Cor-
» doue, et est tué sans qu'on puisse re-
» trouver son corps ».

Voilà ce que nous a fourni l'histoire; qu'on lise notre ouvrage maintenant, et qu'on voie si la multitude d'évènemens que nous avons ajouté à la sécheresse de ce fait, mérite ou non que nous regardions l'anecdote comme nous apparte-nant en propre (1).

---

(1) Cette anecdote est celle que commence Brigandos, dans l'épisode du roman d'Aline et Valcourt, ayant pour titre : *Sainville et*

Quand à la Conspiration d'Amboise, qu'on la lise dans Garnier, et l'on verra le peu que nous a prêté l'histoire.

Aucun guide ne nous a précédé dans les autres nouvelles; fonds, narré, épisode, tout est à nous; peut-être n'est-ce pas ce qu'il y a de plus heureux; qu'importe, nous avons toujours cru, et nous

---

Léonore, et qu'interrompt la circonstance du cadavre trouvé dans la tour; les contre-facteurs de cet épisode, en le copiant mot pour mot, n'ont pas manqué de copier aussi les quatre premières lignes de cette anecdote, qui se trouvent dans la bouche du chef des Bohémiens. Il est donc aussi essentiel pour nous, dans ce moment-ci, que pour ceux qui achètent des romans, de prévenir que l'ouvrage qui se vend chez Pigoreau, et Leroux sous le titre de *Valmor* et *Lidia*, et chez Cérioux et Moutardier, sous celui d'*Alzonde* et *Koradin*, ne sont absolument que la même chose; et tous les deux littéralement pillés phrase pour phrase de l'épisode de *Sainville* et *Léonore*, formant à-peu-près trois volumes de mon roman d'Aline et Valcourt.

ne cesserons d'être persuadés, qu'il faut mieux inventer , fût-on même faible, que de copier ou de traduire ; l'un a la prétention du génie, c'en est une au moins ; quelle peut être celle du plagiaire ? Je ne connais pas de métier plus bas, je ne conçois pas d'aveux plus humilians que ceux où de tels hommes sont contrains, en avouant eux-mêmes, qu'il faut bien qu'ils n'aient pas d'esprit , puisqu'ils sont obligés d'emprunter celui des autres.

A l'égard du traducteur, à Dieu ne plaise que nous enlevions son mérite ; mais il ne fait valoir que nos rivaux ; et ne fût-ce que pour l'honneur de la patrie, ne vaut-il pas mieux dire à ces fiers rivaux, *et nous aussi nous savons créer.*

Je dois enfin répondre au reproche que l'on me fit, quand parut *Aline et Valcourt.* Mes pinceaux, dit-on , sont trop forts, je prête au vice des traits trop odieux ; en veut-on savoir la raison ? je ne veux pas faire aimer le vice ;

je n'ai pas, comme Crébillon et comme
Dorat, le dangereux projet de faire adorer aux femmes les personnages qui les
trompent, je veux, au contraire, qu'elles
les détestent ; c'est le seul moyen qui
puisse les empêcher d'en être dupes ; et,
pour y réussir, j'ai rendu ceux de mes
héros qui suivent la carrière du vice,
tellement effroyables, qu'ils n'inspire-
ront bien sûrement ni pitié ni amour ;
en cela, j'ose le dire, je deviens plus
moral que ceux qui se croyent permis
de les embellir ; les pernicieux ouvrages
de ces auteurs ressemblent à ces fruits
de l'Amérique, qui sous le plus brillant
coloris, portent la mort dans leur sein ;
cette trahison de la nature, dont il ne
nous appartient pas de dévoiler le motif,
n'est pas faite pour l'homme ; jamais
enfin, je le répète, jamais je ne
peindrai le crime que sous les couleurs de l'enfer, je veux qu'on le voye à
nud, qu'on le craigne, qu'on le déteste,
et je ne connais point d'autre façon pour

arriver là, que de le montrer avec toute l'horreur qui le caractérise. Malheur à ceux qui l'entourent de roses ! leurs vues ne sont pas aussi pures, et je ne les copierai jamais. Qu'on ne m'attribue donc plus, d'après ces systèmes, le roman de J....; jamais je n'ai fait de tels ouvrages, et je n'en ferai sûrement jamais; il n'y a que des imbéciles ou des méchans qui, malgré l'authenticité de mes dénégations, puissent me soupçonner ou m'accuser encore d'en être l'auteur, et le plus souverain mépris sera désormais la seule arme avec laquelle je combattrai leurs calomnies.

JULIETTE ET RAUNAI,

OU

LA CONSPIRATION D'AMBOISE,

NOUVELLE HISTORIQUE.

LA paix de Cateau-Cambresis n'eut pas plutôt rendu à la France, en 1559, la tranquillité dont une multitude innombrable d'ennemis la privait depuis près de trente ans, que des dissentions intestines plus dangereuses que la guerre, vinrent achever de troubler son sein. La diversité des cultes qui y régnait, la jalousie, l'ambition de la trop grande quantité de héros qui y florissait, la faiblesse du gouvernement, la mort de Henri II, la débilité de François II, toutes ces causes enfin n'étaient que trop capables de faire présumer, que si les ennemis laissaient respirer la France,

Tome I.   A

elle allumerait bientôt elle-même un incendie intérieur, aussi fatal que les troubles qui venaient de la déchirer au-dehors.

Philippe II, roi d'Espagne, avait envie de la paix; ne se souciant point de traiter avec les Guises, il se prêta aux arrangemens relatifs à la rançon du connétable de Montmorency, qu'il avait fait prisonnier à la journée de Saint-Quentin, afin que ce premier officier de la couronne pût travailler avec Henri II à une paix désirée de toutes les puissances.

Le duc de Guise et le Connétable se trouvant donc prêts à lutter de crédit et de considération, désirèrent avant que d'employer leurs forces, de les étayer par des alliances qui les consolidassent. Du fond de sa prison, le Connétable agissant dans ces vues, avait marié Damville, son second fils, avec Antoinette de la Mark, petite fille de la célèbre Diane de Poitiers, pour lors duchesse de Valentinois, dirigeant toute la cour de Henri son amant.

De leur côté, les Guises conclurent dans le même dessein le mariage de Charles III, duc de Lorraine, et chef de leur maison, avec madame Claude seconde fille du roi (1).

Henri II desirait la paix pour le moins avec autant d'ardeur que le roi d'Espagne. Prince somptueux et galant, ennuyé de guerres, craignant les Guises, voulant ravoir le Connétable qu'il chérissait, et changer enfin les lauriers incertains de Mars, contre les guirlandes de myrthes

---

(1) Le duc François de Guise, dans son contract de mariage avec Anne d'Est, fille du duc de Ferrare et de Renée de France, ce qui le rendait oncle du roi, prend la qualité de duc d'Anjou, fondée sur la prétention qu'avait cette maison de descendre d'Iolande, fille de Renée d'Anjou; c'est celui-là, et le même dont il s'agit ici, qui fut assassiné devant Orléans; il fut la tige de la branche de Mayenne, éteinte en 1621, et père de Henri massacré à Blois; le fils de Henri, nommé Charles, fut père de Henri, duc de Guise, qui souleva la ville de Naples et qui n'eut point d'enfans. La postérité de ses frères a fini en 1675. (Voyez de Thou, et Hainault).

A 2

et de roses dont il aimait à couronner Diane, il mit tout en œuvre pour presser les négociations : elles se conclurent.

Antoine de Bourbon, roi de Navarre, n'avait pu obtenir d'envoyer, en son nom, des ministres au congrès ; ceux qu'il avait député avaient été obligés, pour être entendus, de prendre des commissions du roi de France ; Antoine ne se consolait pas de cet affront : c'était le Connétable qui avait fait la paix, il arrivait triomphant à la cour, il y venait avec l'intention de se ressaisir des rênes du gouvernement ; les Guises l'accusaient d'avoir pressé des négociations qui brisaient, à la vérité, ses fers, mais dont il s'en fallait bien que la France eût à se louer : tels étaient les principaux personnages de la scène, tels étaient les motifs secrets qui les animant les uns et les autres, allumaient sourdement les étincelles de haines qui allaient produire les affreuses catastrophes d'Amboise.

On le voit ; l'envie, l'ambition, voilà les causes réelles des troubles dont l'intérêt de Dieu ne fut que le prétexte.

O religion! à quelque point que les hommes te respectent, lorsque tant d'horreurs émanent de toi, ne peut-on pas un moment soupçonner que tu n'es parmi nous que le manteau sous lequel s'enveloppe la discorde, quand elle veut distiller ses venins sur la terre : Eh ! s'il existe un Dieu, qu'importe la façon dont les hommes l'adorent! sont-ce des vertus ou des cérémonies qu'il exige? S'il ne veut de nous que des cœurs purs, peut-il être honoré plutôt par un culte que par l'autre, quand l'adoption du premier au lieu du second doit coûter tant de crimes aux hommes?

Rien n'égalait pour lors l'étonnant progrès des réformes de Luther et de Calvin : les désordres de la cour de Rome, son intempérance, son ambition, son avarice avaient contraint ces deux illustres sectaires à montrer à l'Europe surprise, combien de fourberies, d'artifices, et d'indignes fraudes se trouvaient au sein d'une religion, que l'on supposait venir du Ciel. Tout le monde ouvrait les yeux, et la moitié de la France

avait déjà secoué le joug romain pour
adorer l'Être Suprême, non comme
osaient le dire des hommes pervers et
corrompus, mais comme paraissait l'en-
seigner la nature.

La paix conclue, et les puissans rivaux dont on vient de parler n'ayant
plus d'autres soins que de s'envier et de
se détruire, on ne manqua pas d'appeller
le culte au secours de la vengeance, et
d'armer les mains dangereuses de la
haine, du glaive sacré de la religion.
Le prince de Condé soutenait le parti
des réformés dans le cœur de la France;
Antoine de Bourbon, son frère, le pro-
tégeait dans le Midi; le Connétable déjà
vieux s'expliquait faiblement, mais les
Châtillons ses neveux, agissaient avec
moins de contrainte. Très-bien avec Catherine de Médicis, on eut même lieu de
croire dans la suite, qu'ils l'avaient fort
adoucie sur les opinions des réformés,
et qu'il s'en fallait peu que cette reine ne
les adoptât au fond de son ame. Quant
aux Guises, tenant à la cour, ils en favorisaient la croyance, et le cardinal de

Lorraine, frère du duc, pouvait-il, lié au saint-siége, n'en pas étayer les droits? Dans cet état de choses, n'osant encore se déchirer soi-même, on se prenait aux branches, on attaquait mutuellement les créatures du parti opposé, et pour satisfaire ses passions particulières on immolait toujours quelques victimes.

Henri II vivait encore : on lui fit voir qu'il s'en fallait bien que le parlement fût en état de juger les affaires des réformés condamnés à mort par l'édit d'Ecouen, puisque la plupart des membres de cette compagnie était du parti qui déplaisait à la cour; le roi se transporte au palais, il voit qu'on ne lui en impose point; les conseillers Dufaur, Dubourg, Fumée, Laporte, et de Foix sont arrêtés, le reste s'évade. Rome aigrit au lieu d'appaiser, la France est pleine d'inquisiteurs, le cardinal de Lorraine, organe du Pape, hâte la condamnation des coupables; Dubourg perd la tête sur un échafaud; de ce moment tout s'émeut, tout s'enflamme; Henri meurt; la France n'est plus conduite

A 4

que par une italienne peu aimée, par
des étrangers qu'on déteste, et par un
monarque infirme, à peine âgé de seize
ans; les ennemis des Guises croyent toucher à l'instant du triomphe; la haine,
l'ambition et l'envie toujours à l'ombre
des autels, se flattent d'agir en assurance.
Le Connétable, la duchesse de Valentinois sont bientôt éloignés de la cour;
le duc, le cardinal sont mis à la tête
de tout; et les furies viennent secouer
leurs couleuvres sur ce malheureux
pays à peine relevé d'une guerre opi-
niâtre, où ses armées et ses finances
avaient été presqu'entièrement épuisées.

Tel affreux que soit ce tableau, il
était nécessaire à tracer avant que d'offrir le trait dont il s'agit. Avant que de
dresser les potences d'Amboise, il fallait
montrer les causes qui les élevaient....
il fallait faire voir quelles mains les ar-
rosaient de sang, de quels prétextes
osaient se couvrir enfin les instigateurs
de ces troubles.

Tout était encore à Blois dans la plus
parfaite sécurité, lorsqu'une multitude

d'avis différens vint réveiller l'attention des Guises : un courier chargé de dépêches secrètes et relatives aux circonstances, est assassiné près des portes de Blois; un autre venant de l'inquisition, adressé au cardinal de Lorraine, éprouve à-peu-près le même sort; l'Espagne, les Pays-Bas, plusieurs cours d'Allemagne avertissent la France qu'il se trame une conspiration dans son sein; le duc de Savoie prévient que les réfugiés de ses états font de fréquentes assemblées, qu'ils se munissent d'armes, de chevaux, et publient hautement qu'avant peu, et leurs personnes et leur culte seront rétablis en France.

En effet, la Renaudie, l'un des chefs protestans le plus brave et le plus animé, se donnait alors un mouvement qui devait faire ouvrir les yeux : il parcourait l'Europe entière, prenant des avis, en donnant, enflammant les têtes et se disant certain d'une révolution prochaine. De retour à Lyon, il rendit compte aux autres chefs des succès de son voyage, et ce fut là que se prirent

A 5

les dernières mesures, là que l'on convint de tout mettre en ordre pour commencer les opérations au printemps. On choisit Nantes pour ville d'assemblée, et sitôt que tout le monde y fut rendu, la Renaudie, dans la maison de la Garai gentilhomme Breton, harangua ses frères, et reçut d'eux les protestations authentiques de tout entreprendre pour obtenir du roi le libre exercice de leur religion, ou d'exterminer ceux qui s'y opposeraient, à commencer par les Guises. On régla dans cette même assemblée, que la Renaudie leverait au nom du chef qui ne se nommait point, un corps de troupes composé de cinq cents gentilshommes à cheval et de douze cents hommes d'infanterie pris dans toutes les provinces de France, non pour attaquer, mais pour se défendre. Trente capitaines furent attachés à ce corps, dont les ordres étaient de se trouver aux environs de Blois, le 10 de mars prochain 1560; les provinces se départirent ensuite; le baron de Castelnau, l'un des plus illustres de la faction et

dont nous allons raconter les aventures,
eut pour son département la Gascogne;
Mazères, le Béarn; Mesmi, le Périgord
et le Limosin; Maille-Brézé, le Poitou;
Mirebeau, la Saintonge; Coqueville, la
Picardie; Ferriere-Maligni, la Champagne, la Brie et l'île de France; Mou-
vans, la Provence et le Dauphiné, et
Château-Neuf, le Languedoc. Nous ci-
tons ces noms, pour faire voir quels
étaient les chefs de cette entreprise, et
les rapides progrès de cette réforme
qu'on avait l'inepte barbarie de croire
digne des mêmes supplices que le meurtre ou le parricide; tant l'intolérance
était à la mode pour-lors.

Quoiqu'il en fût, tout se tramait avec
tant de mystère, ou les Guises étaient si
mal informés, que malgré les avis qu'ils
recevaient de toutes parts, ils étaient au
moment d'être surpris dans Blois, et ils
allaient l'être assurément, sans une trahison. Pierre des Avenelles, avocat, chez
qui la Renaudie était venu se loger à
Paris, quoique protestant lui-même,
dévoila tout au duc de Guise. On frémit,

Le chancelier Olivier reprocha aux deux frères une sécurité dans laquelle ils n'eussent pas été, si l'on avait écouté ses conseils. Catherine trembla, et dès l'instant on quitta Blois, dont la position ne paroissait pas assez sûre, pour se rendre au château d'Amboise, qui, jadis, une place du premier ordre, parut suffisant pour mettre la cour à l'abri d'un coup de main. Une fois là, l'on tint conseil; l'on fit ce que Charles XII de Suède disait d'Auguste, roi de Pologne, qui, pouvant le prendre, l'avait manqué, et avait aussi-tôt assemblé son conseil. — *Il délibère aujourd'hui*, disait Charles, *sur ce qu'il aurait dû faire hier*. Il en fut de même à Amboise. Le cardinal, en zélé papiste, prétendait tout exterminer. C'était le seul argument de Rome. Le duc, plus politique, crut qu'on perdrait beaucoup de monde en suivant l'avis de son frère, et qu'on ne découvrirait rien. Il valait mieux, selon lui, faire arrêter le plus de chefs qu'on pourrait, et obtenir d'eux, par l'aspect des tourmens, l'aveu de tant de manœuvres sourdes et mystérieuses, dont il était plus essentiel de dévoiler les causes et les auteurs, que d'égorger sans les entendre, ceux qui soutenaient les unes et qui servaient les autres.

Cet avis prévalut. Catherine créa sur-le-champ le duc de Guise lieutenant-général de France, malgré l'opposition du chancelier, qui trop sage pour ne pas entrevoir le danger d'une autorité si étendue, ne voulut sceller les patentes, qu'aux conditions quelles seraient circonscrites au seul instant des troubles.

Le duc de Guise redoutait les Chatillons; il y avait tout à craindre pour le parti du roi, s'ils étaient malheureusement à la tête des protestans. Sachant ces neveux du connétable, bien avec la reine, il engagea Catherine à les sonder. L'amiral de Coligni ne déguisa point les risques qu'il y avait, si l'on continuait d'employer avec les religionnaires la rigueur dont faisaient usage les Guises; il dit « que l'on devait savoir que les sup-
» plices et la voie des contraintes étaient
» plus propres à révolter les esprits, qu'à

» les ramener dans le droit chemin;
» que l'on pouvait, au surplus, compter
» assurément sur ses frères, et qu'il ré-
» pondait à la reine, qu'eux et lui, se-
» raient, dans tous les temps, prêts à don-
» ner au souverain les plus grandes preu-
» ves de leur zèle ».

A ces témoignages satisfaisans, il
joignit le conseil d'un édit, qui tolére-
rait la liberté de conscience ; il assura
que ce serait le seul moyen de tout cal-
mer. Cet avis passa; l'édit fut publié; il
accordait une amnistie générale à tous
les réformés, excepté à ceux qui, sous
le prétexte de religion, conspireraient
contre le gouvernement.

Mais tout cela venait trop tard. Dès
le 11 de mars, les religionnaires s'étaient
assemblés à très-peu de distance de
Blois. Ne trouvant plus la cour où ils la
croyaient, ils comprirent aisément qu'ils
étaient trahis ; cependant les préparatifs
étaient faits ; les différens corps attendus
ne jugeant pas à propos de reculer, ils
ne voulurent même admettre d'autres
délais à l'entreprise, que le peu de jours

qu'il fallait pour s'approcher d'Amboise
et pour en reconnaître les environs.
Condé venait d'arriver dans cette ville;
il lui avait été facile de voir, en y en-
trant, qu'il était vivement soupçonné; il
crut se déguiser par des propos, dont on
ne fut pas dupe. Il affecta de paraître plus
empressé que qui que ce fût, à l'extinc-
tion des protestans, et par cette ruse peu
naturelle, il ne satisfit nullement le parti
du roi, et se fit soupçonner par le sien.

Cependant les dispositions du parti
opposé continuaient de se faire avec vigueur. Le baron de Castelnau-Chalosse
s'approchant du côté de Tours avec les
troupes de la province qui lui étaient
départie, avait près de lui deux personnages, dont il est temps de donner
l'idée; l'un, était Raunai, jeune héros,
d'une figure charmante, plein d'esprit,
d'ardeur et de zéle; il commandait sous
le baron; l'autre était la fille de ce premier chef, dont Raunai, depuis l'enfance,
était éperduement amoureux.

Juliette de Castelnau, âgée de vingt
ans, était l'image de Bellone; grande,

faite comme les Graces, les traits nobles, les plus beaux cheveux bruns, de grands yeux noirs pleins d'éloquence et de vivacité, la démarche fière, rompant une lance au besoin comme le plus brave guerrier de la nation, se servant de toutes les armes en usage alors avec autant de dextérité que de souplesse, bravant les saisons, affrontant les dangers, courageuse, spirituelle, entreprenante, d'un caractère altier, ferme mais franc, incapable de fraude, et d'un zèle au-dessus de tout pour la religion protestante, c'est-à-dire, pour celle de son père et de son amant. Cette héroïne n'avait jamais voulu se séparer de deux objets si chers; et le baron lui connaissant de l'adresse, une intelligence infinie, persuadé qu'elle pourrait devenir utile aux opérations, avait consenti à lui en voir partager les risques. Ne devait-il pas, d'ailleurs, être bien plus sûr de Raunai, quand ce jeune guerrier, combattant aux yeux de sa maîtresse, aurait pour récompense les lauriers que cette belle fille lui préparerait chaque jour?

Dans le dessein de reconnaître les environs, Castelnau, Juliette et Raunai s'étaient avancé un matin, suivis de très-peu de gens de guerre, jusques dans l'un des faubourgs de la ville de Tours. Le comte de Sancerre, détaché d'Amboise, venait de battre ces quartiers, lorsqu'on lui dit que quelques protestans se trouvent près de là. Il vole au faubourg indiqué, et pénétrant à la hâte dans l'appartement du baron, il lui demande ce qu'il vient faire dans cette ville.... la raison qui l'y amène avec des soldats, et s'il ignore que le port-d'armes est défendu? Castelnau répond qu'il va à la cour pour des affaires dont il n'a nul compte à rendre, et que s'il était vrai que quelques motifs de rebellion l'y conduisissent, il n'aurait pas sa fille avec lui. Sancerre, peu satisfait de cette réponse, est obligé d'exécuter ses ordres. Il commande à ses soldats d'arrêter le baron; mais celui-ci sautant sur ses armes, seulement aidé de Juliette et de Raunai, a bientôt écarté le peu de monde que lui oppose le comte. Tous trois s'évadent; et

Sancerre ayant, dans ce cas-ci, préféré
la sagesse et la prudence à la valeur qui
le distinguait ordinairement, Sancerre,
qui sait que dans des troubles intérieurs,
la victoire appartient plutôt à celui qui
épargne le sang, qu'à l'imprudent qui le
prodigue, revient sans honte dans Amboise, rendre compte aux Guises de son
peu de succès.

Sancerre, vieux officier, plein de mérite, ami des Guises, mais franc, loyal,
ce qu'on appelle un véritable Français,
n'avait pourtant pas été assez occupé de
son expédition, qu'il n'eût eu le temps
d'appercevoir les attraits de Juliette; il
en fit les plus grands éloges au duc. Après
avoir peint la noblesse de sa taille et les
agrémens de sa figure, il la loua sur son
courage; il l'avait vu au milieu du feu
se défendre, attaquer, n'évitant les dangers qui la menacent que pour en répandre autour d'elle, et cette vaillance
peu commune, rendait assurément du
plus grand intérêt celle qui joignait à
toutes les graces de son sexe, des vertus
qui s'y alliaient aussi rarement.

Monsieur de Guise, curieux de voir cette femme étonnante, conçut aussi-tôt deux projets pour l'attirer à Amboise, la faire prisonnière, ou profiter de l'ouverture du baron de Castelnau, et lui faire dire que puisqu'il avait assuré Sancerre qu'il n'avait d'autre intention que de parler au roi, il pouvait venir en toute sûreté. Ce dernier parti s'adopte de préférence. Le duc écrit : Un homme adroit est chargé de la dépêche ; précédé d'un trompette, il s'avance avec les formalités ordinaires, et remet sa missive au baron, dans le château de Noisai, où il était logé avec les troupes de Gascogne et de Béarn, mandées pour l'expédition d'Amboise. Quelques précautions qu'on eût prises avec l'émissaire du duc, il fut facile à celui-ci de s'appercevoir qu'il y avait beaucoup de monde à Noisai ; il en rendit compte à son retour, et nous verrons bientôt ce qui en résulta.

Le baron de Castelnau, résolu de profiter de la proposition du duc, tant pour déguiser ses projets que pour se ménager en agissant, comme il allait le faire, une correspondance sûre dans Amboise, répondit très-honnêtement que la plus grande preuve qu'il put donner de son obéissance et de sa soumission, était d'envoyer ce qu'il avait de plus cher au monde ; qu'étant, lui personnellement, dans l'impossibilité de se rendre à Amboise, à cause d'une blessure qu'il avait reçue à l'escarmouche de Tours, il envoyait à la reine, Juliette sa fille, chargée par lui d'un mémoire, dans lequel il réclamait l'édit de tolérance qui venait d'être publié, et la permission pour ses confrères et lui, de professer leur culte en paix.

Juliette partit, munie d'instructions secrètes et de lettres particulières pour le prince de Condé ; ce n'était pas sans peine qu'elle avait adopté ce projet : ce qui la séparait de son père et de son amant, était toujours si douloureux pour elle, que, quelque courageuse qu'elle fût, elle ne s'y résolvait jamais sans des larmes. Le baron promit à sa fille d'attaquer quatre jours après la ville d'Amboise, si les négociations qu'elle allait entreprendre étaient infructueuses; et Raunai, aux genoux de sa maîtresse, lui jura de verser tout son sang pour elle, si on lui manquait de respect ou de fidélité.

Mademoiselle de Castelnau arrive à Amboise; elle y est reçue convenablement, et descendue chez Sancerre, ainsi qu'il avait été convenu; elle se fait aussitôt conduire chez le duc de Guise, le supplie de tenir sa parole, et de lui fournir sur-le-champ l'occasion de se jeter aux pieds de Catherine de Médicis, pour lui présenter les supplications de son père.

Mais Juliette ne pensait pas qu'elle possédait des charmes qui pouvaient faire négliger bien des engagemens. Le premier que monsieur de Guise oublia en la voyant, fut la promesse contenue dans ses dépêches au baron; séduit par tant de graces, son cœur s'ouvrit aux piéges de l'amour, et le duc, auprès de Juliette, ne pensa plus qu'à l'adorer.

Il lui reprocha d'abord avec douceur de s'être défendue contre les troupes du roi, et lui dit agréablement, que quand on était aussi sûre de vaincre, on était doublement punissable du projet de rebellion. Juliette rougit; elle assura le duc qu'il s'en fallait bien que son père et elle eussent jamais pris les armes les premiers; mais qu'elle croyait qu'il était permis à tout le monde de se défendre quand on était injustement attaqué. Elle renouvella ses plus vives instances pour obtenir la permission d'être présentée à la reine. Le duc, qui voulait conserver à Amboise le plus long-temps possible, l'objet touchant de sa nouvelle flamme, lui dit que cela serait difficile de quelques jours. Juliette, qui prévoyait ce qu'allait entreprendre son père, si elle ne réussissait point, insista. Le duc tint ferme, et la renvoya chez le comte de Sancerre, en l'assurant qu'il la ferait avertir dès qu'elle pourrait parler à Médicis.

Notre héroïne profita de ces délais pour examiner sourdement la place et pour remettre ses lettres au prince de Condé, qui, toujours plus circonspect que jamais dans Amboise, et ne cherchant qu'à s'y déguiser, recommanda à

Juliette, pour l'intérêt commun, de l'éviter le plus possible, et de cacher surtout avec le plus grand soin, qu'elle eut jamais été chargée d'aucunes négociations vis-à-vis de lui. Juliette comptant sur la parole du duc, fit dire à son père de temporiser. Le baron la crut, et eut tort. Pendant ce temps, la Renaudie, dont on a vu précédemment le zèle et l'activité, perdit malheureusement la vie dans la forêt de Château-Renaud (1). Tout fut trouvé dans les papiers de la Bigne, son secrétaire; et le duc, plus éclairé dès-lors sur la réalité des projets du baron de Castelnau, bien convaincu

---

(1) Il fut tué par un page du jeune Pardaillan : celui-ci l'ayant rencontré dans la forêt de Château-Renaud, courut sur lui le pistolet à la main; la Renaudie passa deux fois son épée au travers du corps de Pardaillan, dont il était cousin. Le page décharge sur-le-champ son arquebuse sur la Renaudie et l'étend sur le corps de son maître. On apporta le cadavre de la Renaudie à Amboise, on l'attacha à une haute potence au milieu du pont, avec cette inscription : « La Renaudie, dit la forêt, chef des rebelles ».

que les démarches de Juliette n'étaient
plus qu'un jeu, ayant plus que jamais le
dessein de la conserver près de lui, se
résolut enfin à la faire expliquer, et à
n'agir pour ou contre le père, qu'en raison de ce que répondrait la fille. Il l'envoie prendre.

Juliette, lui dit-il d'un air sombre,
tout ce qui vient de se passer, me con-
vainc suffisamment que les dispositions
de votre père sont bien éloignées d'être
telles qu'il vous a plu de me le persuader;
les papiers de la Renaudie nous instrui-
sent. A quoi me servirait-il de vous présenter à la reine? et qu'oseriez-vous dire
à cette princesse? — Monsieur le duc,
répond Juliette, je n'imaginais pas que la
fidélité d'un homme qui a si bien servi
sous vos ordres, qui s'est trouvé dans
plusieurs combats à vos côtés, et duquel
vous devez connaître les sentimens et le
courage, pût jamais vous devenir sus-
pecte. — Les nouvelles opinions ont cor-
rompu les ames; je ne reconnais plus le
cœur des Français; tous ont changé de
caractère, en adoptant ces coupables
erreurs,

erreurs. — N'imaginez jamais que pour avoir dégagé votre culte de toutes les inepties dont de vils imposteurs osèrent le souiller, nous en devenions moins susceptibles des vertus qui nous viennent de la nature; la première de toutes dans le cœur d'un Français, est l'amour de son pays. On ne la perd pas, monsieur, cette sublime vertu, pour avoir ramené à plus de candeur et de simplicité, la manière de servir l'Eternel. — Je connais vos sophismes à tous, Juliette; c'est sous ces fausses apparences de vertus, que vous déguisez tous les vices les plus à redouter dans un état; et dans ce moment-ci, nous le savons, vous ne prétendez à rien moins qu'à culbuter l'administration actuelle, qu'à couronner l'un de vos chefs, et qu'à bouleverser tout en France. — Je pardonnerais ces préjugés à votre frère, monsieur; nourri dans le sein d'une religion qui nous déteste, tenant une partie de ses honneurs du chef de cette religion qui nous proscrit, il doit nous juger d'après son cœur..... Mais vous, monsieur le duc, vous qui

Tome I. B

connaissez les Français, vous qui les
avez commandé dans les champs de la
gloire, pouvez-vous imaginer que le refus
d'admettre telle ou telle opinion, puisse
jamais éteindre en eux l'amour de la
patrie? Voulez-vous les ramener, ces
braves gens, le voulez-vous sincèrement?
Montrez-vous plus humain et plus juste;
usez de votre autorité pour faire des heureux, et non pour verser le sang de ceux
dont tout le tort est de penser différem-
ment que vous. *Convainquez-nous*, monsieur; *mais ne nous assassinez pas*: que
nos ministres puissent raisonner avec vos
pasteurs; et le peuple, éclairé par ces discussions, se rendra sans contrainte aux
meilleurs argumens. Le plus mauvais de
tous, est un échafaud; le glaive est l'arme
de celui qui a tort, il est la commune res-
source de l'ignorance et de la stupidité;
il fait des prosélytes, il enflamme le zèle
et ne ramène jamais. Sans les édits des
Nérons, des Dioclétiens, la religion chré-
tienne serait encore ignorée sur la terre;
encore une fois, monsieur le duc, nous
sommes prêts à quitter les signes de ce

que vous appellez la rebellion ; mais si
c'est avec des bourreaux qu'on veut nous
inspirer des opinions absurdes et qui ré-
voltent le bon sens, nous ne nous laisse-
rons pas égorger comme des animaux
lancés dans l'arène ; nous nous défen-
drons contre nos persécuteurs ; tout en
respectant la patrie, nous plaindrons ses
chefs de leur aveuglement ; et toujours
prêts à verser notre sang pour elle, quand
elle ne verra plus dans nous que des
frères, nous n'offrirons plus à ses yeux
que des enfans et des soldats (1).

Ce discours, prononcé d'une voix
ferme et d'un maintien assuré, soutenu
des grâces nobles de cette fille intéressante, acheva d'enflammer le duc ; mais
cherchant à déguiser son trouble sous
les apparences d'une rigidité feinte, savez-vous, dit-il à Juliette, que vos discours, votre conduite.... mon devoir en
un mot, me contraindraient de vous envoyer à la mort ? Oubliez-vous, impé-

_____

(1) Voilà comme germaient déjà dans ces
ames fières les premières semences de la
liberté.

B 2

rieuse créature, qu'il ne tient qu'à moi de sévir? — Avec la même facilité, monsieur le duc, qu'il ne tient qu'à moi de vous mépriser, si vous abusez de la confiance que vous m'avez inspirée par votre lettre à mon père. — Il n'y a point de serment sacré avec ceux que l'église réprouve. — Et vous voulez que nous embrassions les sentimens d'une église, dont une des premières loix, selon vous, est d'autoriser tous les crimes, en légitimant le parjure? — Juliette, vous oubliez à qui vous parlez. — A un étranger, je le sais. Un Français ne m'obligerait pas aux réponses où vous me contraignez. — Cet étranger est l'oncle de votre roi; il en est le ministre, et vous lui devez tout à ces titres. — Qu'il en acquiert à mon estime, il ne me reprochera pas de lui manquer. — J'en desirerais sur votre cœur, dit le duc, en se troublant encore davantage, et réussissant moins à se cacher; il ne tiendrait qu'à vous de me les accorder. Cessez d'envisager dans le duc de Guise, un juge aussi sévère que vous le supposez, Juliette; voyez-y plutôt un

amant dévoré du desir de vous plaire et
du besoin de vous servir. — Vous.......
m'aimer...... juste ciel ! et quelles prétentions pouvez-vous former sur moi,
monsieur ? Vous êtes enchaîné par les
nœuds de l'hymen, et je le suis par les
loix de l'amour. — La seconde difficulté
est plus affreuse que l'autre ; peut-être
vous ferais-je bien des sacrifices..... mais
vous seriez loin de vouloir m'imiter. —
Monsieur le duc oublie-t-il que je l'ai
supplié de me faire parler à la reine, et
que ce n'est que dans cette intention que
mon père a permis que je vinsse à Amboise ? — Juliette oublie-t-elle que son
père est coupable, et que je n'ai qu'un
ordre à donner pour qu'il soit aujour-
d'hui dans les fers ? — Je me retirerai
donc, si vous le permettez, monsieur ;
car je ne suppose pas que vous abusiez
du droit des gens, au point de me retenir ici malgré moi, quand je ne m'y
suis rendu que sous votre sauf-conduit ?
— Non, Juliette, vous êtes libre ; il n'y
a que moi, qui ne le suis pas devant
vous.... vous êtes libre, Juliette ; mais je

B 3

vous le redis pour la dernière fois..... je
vous adore.... je puis tout pour vous....
il ne sera rien que je n'entreprenne.... ou
mon amour, ou ma vengeance.... Choi-
sissez.... Je vous laisse à vos réflexions.

Juliette rentra chez le comte de Sancerre ; le connaissant pour un brave
militaire, incapable d'une lâcheté ou
d'une trahison, elle ne lui cacha pas ce
qui venait de se passer. Elle surprit infiniment ce général ; il devint prêt à se
repentir de s'être mêlé de la négociation.
Juliette demanda au comte, si dans une
aussi affreuse circonstance, il ne serait
pas mieux qu'elle retournât près du baron
de Castelnau. Monsieur de Sancerre n'osa
lui rien conseiller, de peur d'aigrir le duc
de Guise ; mais il lui dit qu'elle ferait bien
d'en demander la permission expresse,
soit au duc, soit au cardinal. Mademoiselle de Castelnau, très-fâchée d'être venue se prendre dans un tel piége, s'a-
dressa au prince de Condé, qui, révolté
des procédés du duc, lui promit de faire
avertir sur-le-champ le baron de tout ce
qui se passait.

Mais pendant ce temps, le duc de Guise voyant bien qu'il ne réussirait à vaincre la résistance de Juliette, qu'en prenant sur elle un empire assez grand pour lui ôter la possibilité des refus, profitant des lumières qu'il acquérait chaque jour sur la force et sur la conduite des réformés, prit la résolution de faire attaquer le baron de Castelnau dans son quartier de Noisai. Il ne doutait pas que s'il parvenait à s'emparer de ce chef, sa fille ne se rendît dès le même instant. Jacques de Savoie, duc de Nemours, l'un des plus lestes et des meilleurs capitaines du parti des Guises, est aussi-tôt chargé de l'expédition; et le duc lui recommande, sur toutes choses, de ne blesser ni tuer Castelnau, mais de l'amener vivant dans Amboise, parce qu'étant un des principaux chefs du parti opposé, on attendait de lui les plus sérieux éclaircissemens.

Nemours part, il environne Noisai, il se montre avec de telles forces que Castelnau conçoit l'impossibilité de se défendre; l'oserait-il d'ailleurs dans la

sorte de négociation qu'il a eu l'air d'entamer, et sachant encore aux mains des
Guises, sa chère Juliette, qui chaque
jour lui fait dire de temporiser. Castelnau propose une conférence, Nemours
l'accorde, et demande au baron sitôt
qu'il le voit, quel est l'objet de ces dispositions militaires, comment il a pu
naître dans l'esprit d'un brave homme
comme lui, de n'aborder la cour que les
armes à la main, et de renoncer par
cette imprudente démarche, à la gloire
dont avait toujours joui la nation fran-
çaise d'être, de toutes celles de l'Europe,
la plus fidelle à la patrie. Castelnau répond que loin de renoncer à cette gloire,
il travaille à la mériter, que la plus
grande preuve de sa soumission est la
démarche qu'il a faite en envoyant sa
fille unique aux genoux de la reine,
qu'un sujet qui se révolte agit rarement
de cette manière. Mais pourquoi des
armes, dit Nemours? Ces armes répli-
qua le baron, n'ont été destinées qu'à
nous ouvrir un chemin jusqu'au trône,
elles sont faites pour nous venger de

ceux qui veulent nous en interdire les abords, qu'on ne nous les ferme plus et nous y arriverons l'olivier à la main.

Si c'est tout ce que vous désirez, dit Nemours, remettez-moi ces inutiles épées, et je m'offre à vous satisfaire... je me charge de vous conduire au roi. Le baron accepte, tout se rend, on part pour le quartier-royal; et malgré les représentations de Nemours qui réclame hautement devant les Guises la parole qu'il a donnée à ces braves gens, c'est au fond des cachots d'Amboise qu'on à l'infamie de les recevoir.

Heureusement, Raunai, détaché pour lors, n'était pas au château de son général lorsque tout ceci s'était passé; trouvant inutile d'y rentrer seul, il fut se joindre à Champs, à Coqueville, à Lamotte, à Bertrand-Chaudieu, qui conduisaient les milices de l'île de France, et concevant le danger que le baron et Juliette couraient vraisemblablement dans Amboise, il anima ces capitaines à la vengeance, et les décida à une tent

B 5

tative dont nous apprendrons bientôt le succès.

Juliette ne tarda pas à savoir le malheureux sort de son père : elle ne douta plus qu'elle fût la cause des indignes procédés du duc de Guise. Le barbare, s'écria-t-elle, au comte de Sancerre assez généreux pour recevoir ses larmes et pour les partager, croit-il en m'enlevant ce que j'ai de plus précieux me contraindre à l'ignominie qu'il exige?... Ah! je lui prouverai quelle est Juliette; je lui ferai voir qu'elle sait mourir ou se venger, mais qu'elle est incapable de se souiller d'opprobres; furieuse, elle vole chez le duc de Guise.

Monsieur, lui dit-elle fièrement, j'imaginais que la grandeur et la noblesse de l'ame devaient guider dans toutes leurs actions, ceux sur qui l'état se repose du soin de le conduire, et que les ressorts d'un gouvernement, en un mot, ne se confiaient qu'aux mains de la vertu. Mon père m'envoie vers vous, pour négocier sa justification; non-seulement vous me fermez les avenues du trône,

non-seulement vous empêchez que je
ne puisse me faire entendre, mais vous
profitez même de cet instant pour plonger mon malheureux père dans une
affreuse prison. Ah! monsieur le duc,
ceux qui, comme lui, ont versé près de
vous leur sang pour la patrie, me parais-
saient mériter plus d'égards; ainsi donc
pour éluder ma première demande, vous
me contraignez d'en faire une seconde,
et vous me précipitez dans de nouveaux
malheurs, pour éteindre en moi le souvenir des premiers?... Ah! monsieur, la
rigueur, toujours voisine de l'injustice
et de la cruauté, énerve les ames, leur
enlève l'énergie qu'elles ont reçue de
la nature, parconséquent le goût des
vertus; et l'état alors, au lieu de la
gloire de commander à des hommes
libres, entraînés vers lui par le cœur,
n'a plus sous sa verge de fer que des
esclaves qui l'abhorrent.—Votre père
est coupable, Juliette, il est maintenant
impossible de se faire illusion sur sa
conduite; le château dans lequel il était
s'est trouvé rempli d'armes et de muni-

tions; on le croit, en un mot, le second chef de l'entreprise. — Jamais mon père n'a changé de langage, monsieur : il a dit à Nemours, il a dit à Sancerre : « Qu'on » me conduise aux pieds du trône, je ne » demande qu'à être entendu. Les armes » que vous me voyez, ne sont destinées » que contre ceux qui veulent nous em- » pêcher de l'être, et qui abusent d'un » crédit usurpé, pour établir leur puis- » sance sur la faiblesse et le malheur des » peuples »..... voilà ce que mon père a dit ; voilà ce qu'il vous crie encore du fond de sa prison. Serais-je, en un mot, près de vous, monsieur, si mon père se croyait coupable ? Sa fille viendrait-elle dresser l'échafaud qu'il aurait cru mé- riter ? — Un mot, un seul mot peut finir vos malheurs, Juliette.... Dites que vous ne me haïssez pas ; ne détruisez point l'espoir au fond d'un cœur qui vous adore, et je serai le premier à persuader de mon mieux à la cour, l'innocence et la fidélité de votre père. — Ainsi donc vous serez juste, si je consens à être cri- minelle, et je n'aurai droit aux vertus

où je dois prétendre, qu'en foulant aux
pieds celles qui m'enchaînent! ces procédés sont-ils équitables, monsieur? Ne
rougissez-vous pas de les afficher, et voudriez-vous que je les publiasse?—Vous
comprenez mal ce que je vous offre,
Juliette; je ne suppose pas votre père
coupable, il l'est; tel est le point dont
il faut partir. Castelnau est coupable, il
mérite la mort, je lui sauve la vie si vous
vous rendez à moi; je ne controuve
point des crimes au baron pour avoir
droit à votre reconnaissance. Ces torts
existent, ils lui méritent l'échafaud, je
les anéantis si vous devenez sensible à
ma flamme; votre supposition me prê-
terait une manière de penser qui ne s'al-
lierait pas à ma franchise : celle qui me
dirige s'accorde avec l'honneur; elle
prouve, au plus, un peu de faiblesse;...
Mais j'ai vos attraits pour excuse!—S'il
est possible, monsieur, que mon père
soit libre, tel coupable que vous le sup-
posiez, n'est-il pas plus noble à vous de
le sauver sans conditions, que de m'en
imposer qu'il m'est impossible d'accep-

ter ? Dès que vous pouvez me le rendre,
le croyant coupable, pourquoi ne le
pouvez-vous de même, son innocence
étant assurée ?—Elle ne l'est point : je
veux bien passer pour indulgent, mais
je ne veux pas que l'on me croie injuste.
— Vous l'êtes en n'absolvant pas un
homme auquel il vous est impossible de
trouver un seul tort.—Terminons ces
débats, Juliette, votre père professe le
culte proscrit par le gouvernement, il
est de la religion qui a mérité la mort
à Dubourg ; il a de plus, été trouvé en
armes aux environs du quartier-royal.
Nous faisons mourir tous les jours des
gens dont les dépositions le condamnent ;
le baron périra comme eux, si des réflexions plus sages de votre part ne vous
déterminent promptement à ce qui peut
seul le sauver.—Oh, monsieur, daignez
réfléchir au sang qui m'a donné la vie,
suis-je faite pour être votre maîtresse, et
tant qu'Anne d'Est existera, puis-je être
votre femme ? — Ah ! Juliette, assurez-
moi qu'il n'est que cet obstacle à vaincre,
et vous comblerez tous mes vœux.—Oh

ciel! cet obstacle n'est-il donc pas insur-
montable? Envelopperez-vous votre il-
lustre épouse dans la proscription générale? lui composerez-vous comme à
mon père, des torts, pour avoir droit
de l'immoler? et sera-ce au moyen de
cette foule de crimes que vous croirez
obtenir ma main?—Fille adorée, dites
un mot.... un seul mot; assurez-moi
que je peux mériter votre cœur, et je
me charge des moyens de l'acquérir. Ces
chaînes indissolubles pour les mortels
ordinaires, se brisent facilement chez
ceux que la fortune et la naissance élèvent.... il est, sans explication, mille
moyens de m'appartenir, Juliette; et
c'est à vous de prononcer.—Je vous l'ai
dit, monsieur, je ne suis pas maîtresse
de mon cœur.—Et quel est-donc celui
que vous me préférez?—Vous le nom-
mer?...... Vous offrir une victime de
plus?....... Ne l'imaginez pas. Allez,
mademoiselle, allez, dit le duc irrité,
je saurai punir vos refus : le spectacle
de votre père aux pieds de l'échafaud,
fléchira peut-être vos injustes rigueurs

—Ah! souffrez dumoins que j'aille embrasser ses genoux, ne m'empêchez-pas,
monsieur, d'aller arroser son sein de
mes larmes; je lui ferai part de vos projets; s'il les approuve, s'il préfère la vie
à l'honneur de sa fille.... peut-être im-
molerai-je mon amour. Mon père est
tout ce que j'ai de plus sacré : il n'en
est aucun dans le monde dont j'aimasse
mieux être la fille...... Mais, monsieur
le duc, quelle action! n'aurez-vous nul
remords d'une victoire acquise au prix
de tant de crimes... d'un triomphe dont
vous ne jouirez qu'en nous couvrant de
larmes..... qu'en plongeant trois mortels au sein de l'infortune? quelle différente opinion j'avais de votre âme......
je la supposais l'asile des vertus, et je
n'y vois régner que des passions.

Le duc promit à Juliette qu'il lui serait
permis de voir son père, et elle se retira
dans le plus grand accablement.

Cependant, disent nos historiens, « tout
» prenait dans Amboise le train de la
» plus excessive rigueur; les capitaines
» envoyés par le duc de Guise, ne furent

» pas moins heureux que Nemours;
» cachés dans des ravines ou dans des
» broussailles, aux endroits où les con-
» jurés devaient passer, ils les enlevaient
» sans résistance, et les amenaient par
» bandes dans la ville d'Amboise; on
» mettait en prison les plus apparens; les
» autres étaient jugés prévôtalement, et
» pendus tout bottés et éperonés, aux
» créneaux du château ou à de longues
» perches scellées dans les murailles ».

Ces rigueurs révoltèrent. Le chancelier
Olivier, qui, dans le fond de l'âme, pen-
chait pour le nouveau culte, fit entrevoir
que des malheurs sans nombre pouvaient
devenir la suite de ces cruautés. Il proposa d'accorder des lettres de rémission
à tous ceux qui se retireraient paisiblement. Le duc de Guise n'osait trop combattre cet avis : peu sûr des dispositions
de la reine toujours livrée aux Chatillons qu'il soupçonnait les secrets mo-
teurs des troubles, craignant l'inquiétude
du roi qui, malgré les chaînes dont on
l'entourait, ne pouvait s'empêcher de témoigner que tant d'horreurs ne lui plai-

saient pas, le duc accepta tout, bien sûr
que Castelnau pris en armes, ne pourrait
pas lui échapper, et qu'il serait toujours
le maître de Juliette, en tenant dans ses
mains la destinée du baron. L'édit se pu-
blia ; on se crut tranquille à Amboise ; les
troupes se dispersèrent dans les environs,
et cette sécurité pensa coûter bien cher.

Tel fut l'instant que Raunai crut pro-
pice pour se rapprocher de Juliette. Il
enflamme ses camarades ; il leur fait voir
qu'Amboise, dégarnie, n'est plus en état
de tenir contre eux ; qu'il est temps d'aller délivrer la cour de l'indigne esclavage où la tiennent les Guises, et d'obtenir d'elle, non de vaines lettres de
rémission, sur lesquelles il est impossible de compter, et qui ne servent qu'à
prouver et la faiblesse du gouvernement
et l'excessive crainte qu'on a d'eux, mais
l'exercice assuré de leur religion, et la
pleine liberté de leurs prêches. Raunai,
bien plus excité par l'amour que par
quelqu'autre cause que ce pût être,
empruntant l'éloquence de ce dieu pour
convaincre ses amis, trouva bientôt dans

leur âme la même vigueur dont il leur
parut embrâsé; tous jurent de le suivre,
et dès la même nuit, ce brave lieutenant
de Castelnau, les mène sous les remparts
d'Amboise.

« O murs, qui renfermez ce que j'ai
de plus cher, s'écrie Raunai, en les appercevant, je fais serment au ciel ou de
vous abattre ou de vous franchir; et,
quelques soient les obstacles qui puissent
m'être opposés, l'astre du jour n'éclairera
plus l'univers, sans me revoir aux pieds
de Juliette ».

On se dispose à la plus vigoureuse attaque : un mal-entendu fait tout perdre.
Les différens corps des conjurés n'ar-
rivent pas ensemble aux rendez-vous qui
leur sont indiqués; les coups ne peuvent
se porter à-la-fois ; on est averti dans
Amboise; on se tient sur la défensive, et
tout manque. Le seul Raunai, avec sa
troupe, pénètre jusques dans les faubourgs; il arrive à l'une des portes; il la
trouve fermée et bien défendue. Pas assez fort pour entreprendre de l'enfoncer,
exposé au feu du château qui lui tue

beaucoup de monde, il ordonne une décharge d'arquebuserie sur ceux qui gar-
dent les murailles, laisse fuir sa troupe;
et lui seul, se débarrassant de ses armes,
se jette dans un fossé, franchit les murs
et tombe dans la ville. Connaissant les
rues, les soupçonnant désertes à cause
de la nuit, et d'une attaque qui doit
avoir appellé tout le monde au rempart,
il vole chez le comte de Sancerre, où il
sait bien qu'est logée celle qu'il aime. Il
ose, à tout évènement, se fier à la noblesse, à la candeur de ce brave militaire. Il arrive chez lui.... Juste ciel!....
on rapportait le comte blessé des coups
de celui qui venait l'implorer....... O!
monsieur, s'écrie Raunai, en mouillant
de ses pleurs la blessure du comte, ven-
gez-vous, voilà votre ennemi, voilà celui qui vient de verser votre sang.... ce
sang précieux, que je voudrais racheter
au prix du mien.....: Grand dieu! c'est
donc ainsi que ma main barbare a traité
le bienfaiteur de celle qui m'est chère!
Je viens me rendre à vous, monsieur....,
je suis votre prisonnier. La malheureuse

fille de Castelnau, à laquelle votre générosité donne asyle, vous a dit ses malheurs et les miens; je l'adore depuis mon enfance; elle daigne m'estimer un peu... je venais la trouver... recevoir ses ordres... mourir après, s'il l'eût fallu. Vous voyez, aux périls que j'ai franchis, qu'il n'est rien qui puisse m'être plus cher qu'elle.... Je sais ce qui m'attend.... ce que je mérite. Chef de l'attaque qui vient de se faire, je sais que des chaînes et la mort vont devenir mon partage; mais j'aurai vu ma Juliette, je serai consolé par elle, et les supplices ne m'effrayent plus, si je les subis sous ses yeux. Ne trahissez point votre devoir, monsieur; voilà mes mains; enchaînez-les.... vous le devez; votre sang coule, et c'est moi qui l'ai répandu ! Infortuné jeune homme, dit le brave Sancerre, console-toi; ma blessure n'est rien; ce sont des périls que tu as courus comme moi; nous avons tous deux fait notre devoir. Quant à ton imprudence, Raunai, n'imagine pas que j'en abuse; apprends que je ne compte au rang de mes prisonniers, que ceux que ma va-

leur enchaîne sur le champ de bataille.
Tu verras celle que tu adores ; ne crains
point que je manque aux devoirs de
l'hospitalité ; tu les réclames chez moi,
tu y seras libre comme dans ta propre
maison ; trouve bon , seulement, que
pour ton repos, comme pour le mien, je
t'indique un logement plus sûr. Raunai
se précipite aux genoux du comte ; les
termes manquent à sa reconnaissance...
à ses regrets ; et Sancerre le prenant aussi-
si-tôt par la main, tout affoibli qu'il est
de sa blessure , le relève et le conduit
dans l'appartement de sa femme, que
Juliette partageait depuis qu'elle était
dans Amboise.

Il faudrait d'autres pinceaux que les
miens pour rendre la joie de ces deux
fidèles amans quand ils se revirent. Mais
ce langage de l'amour, ces instans, qui ne
sont connus que des cœurs sensibles....
ces momens délicieux, où l'ame se réunit
à celle de l'objet qu'on adore, où l'on se
tait, parce qu'on sent bien qu'aucun mot
ne rendrait ce qu'on éprouve, où l'on
laisse au sentiment le soin de se peindre

lui-même, ce silence, dis-je, n'est-il pas au-dessus de toutes les phrases? Et ceux qui se sont enivrés de ces situations célestes, oseraient-ils dire qu'il puisse en exister de plus divines au monde.... de plus impossibles à tracer ?

Cependant Juliette fit bientôt taire les accens de l'amour pour se livrer à ceux de la reconnaissance. Inquiète de l'état de monsieur de Sancerre, elle voulut partager avec la comtesse et les gens de l'art, le soin de veiller à sa sûreté. La blessure se trouvant sans aucune sorte de conséquence, le comte exigea alors de Juliette, d'aller employer près de son amant des instans aussi précieux. Mademoiselle de Castelnau obéit, et ayant laissé la comtesse avec son mari, elle vint retrouver Raunai. Elle lui apprit tout ce qui s'était passé depuis leur séparation, elle ne lui cacha point les vues de monsieur de Guise. Raunai s'en alarma. Un rival de cet ordre est fait pour inquiéter un amant, et un amant coupable, qu'un seul mot de ce rival terrible, peut à l'instant couvrir de chaînes.

Le lendemain, monsieur de Sancerre, qui allait beaucoup mieux, les rassura l'un et l'autre; il promit même de parler au duc; mais il fut résolu qu'on cacherait les démarches de Raunai qui, dès le même instant, irait vivre ignoré chez un particulier de la même religion que lui, et que chaque soir, dans un cabinet du jardin du comte, ce valeureux amant pourrait entretenir sa maîtresse. Tous deux tombèrent encore une fois aux pieds de Sancerre et de son épouse; des larmes s'exprimèrent pour eux; et sur le soir, Raunai, conduit par un page, fut s'enfermer dans son asyle.

L'attaque de la nuit précédente suffit à persuader aux Guises qu'ils ne devaient plus se croire engagés par l'édit qu'on venait de publier. Le sang recommence donc à couler dans Amboise; des échafauds dressés dans tous les coins, offrent à chaque instant de nouvelles horreurs; des troupes répandues dans les environs, font main-basse sur tous les protestans; ou l'on les égorge sur l'heure même, ou l'on les précipite pieds et mains liés dans

dans la Loire ; les capitaines seuls, et les gens de marque, sont réservés aux tourmens de la question, afin d'arracher de leur bouche le nom des vrais chefs du complot. On soupçonnait le prince de Condé ; mais on n'osait pas se l'avouer. Catherine frémissait de l'obligation de trouver un tel coupable ; et les Guises sentaient bien que l'ayant découvert, il fallait l'immoler ou le craindre. Que d'inconvéniens dans l'un ou dans l'autre cas.

Mais plus les protestans montraient d'énergie, plus le duc voyait de moyens à la condamnation de Castelnau, et plus, par conséquent, l'espoir d'obtenir Juliette, s'allumait doucement dans son âme. Celui qui a le malheur de projeter un crime, ne voit pas, sans une joie secrète, les événemens secondaires concourir aux succès de ses desseins.

Il n'y avait plus d'autres amusemens à Amboise, que ceux de ces horribles meurtres. La tyrannie, qui effraie d'abord les souverains, ou plutôt ceux qui les gouvernent, finit presque toujours par leur composer des jouissances. Toute la

Tome I. C

cour assistait régulièrement à ces actes
sanglans, comme celle de Néron autrefois aux exécutions des premiers chré-
tiens. Les deux reines, Catherine de Médicis, et Marie Stuart, étaient avec les
dames de la cour, dans une gallerie du
château, d'où l'on découvrait toute la
place; et, pour amuser davantage les
spectateurs, les bourreaux avaient soin
de varier les supplices, ou l'attitude des
victimes. Telle était l'école où se formait
Charles IX; tel était l'atelier où s'aigui-
saient les poignards de la Saint-Barthé-
lemi. Grand dieu ! voilà comme on a
souillé plus de deux cents ans tes autels;
voilà comme des êtres raisonnables ont
cru devoir t'honorer; c'est en arrosant
ton temple du sang de tes créatures,
c'est en se souillant d'horreurs et d'in-
famies, c'est par des férocités dignes
des cannibales, que plusieurs races
d'hommes sur la terre ont cru remplir
tes vœux, et plaire à ta justice. Être des
êtres, pardonne-leur cet aveuglement;
il fut la peine dont tu crus devoir punir
leur dépravation et leurs crimes; tant

d'atrocités ne peut naître dans le cœur de l'homme, que, lorsqu'abandonné de tes lumières, il est comme Nabuchodonosor, réduit par ta main même au stupide esclavage des bêtes.

Là seule Anne d'Est cette respectable épouse du duc de Guise, cette femme intéressante qu'il était prêt de sacrifier à ses passions, elle seule eut horreur de ces monstrueuses barbaries; elle s'évanouit un jour dans les gradins de la sanglante arène, on la rapporta chez elle baignée de larmes; Catherine y vole, elle lui demande la cause de son accident. «Hélas! madame, répondit la duchesse, jamais mère eut-elle plus de raison de s'affliger : Quel affreux tourbillon de haine, de sang et de vengeance s'élève sur la tête de mes malheureux enfans »(1).

Le comte de Sancerre dont la blessure n'était rien, et qui allait mieux de jour en jour, tint à mademoiselle de

_____

(1) L'évènement où Henri de Guise, un des enfans d'Anne d'Est fut assassiné à Blois, ne rendait-il pas cette très-véritable complainte une sorte de prédiction ?

Castelnau la parole qu'il lui avait donnée;
il fut trouver le duc de Guise, dont il
était chéri, et dont il devait être res-
pecté à toute sorte d'égards, et ne lui
déguisant que le séjour de Raunai dans
Amboise, il ne lui cacha rien de ce qu'il
avait appris de Juliette.

Quel est votre objet, monsieur, lui
dit fermement le comte : est-ce à celui
qui gouverne l'état de se livrer à des
passions.... toujours dangereuses, quand
on a la possibilité de faire autant de
mal? Oserez-vous immoler Castelnau
pour vous rendre maître de Juliette? et
ferez-vous dépendre le sort de ce malheureux père de l'ignominie de la fille?
le duc un peu surpris de voir monsieur
de Sancerre si parfaitement au fait, lui
fit entrevoir, que quoiqu'il eût des enfans d'Anne d'Est, il pourrait néanmoins
trouver des moyens de rupture à son
mariage avec elle......

O mon cher duc! interrompit le comte,
voilà comme les passions déraisonnent
toujours ! Quoi ! vous romprez l'alliance contractée avec une princesse,

pour épouser la fille d'un homme, contre
lequel vous faites la guerre; vous vous
brouillerez avec François II, dont ces
nœuds vous rendent l'oncle; avec le duc
de Ferrare dont ils vous font devenir le
gendre, vous culbuterez l'édifice d'une
fortune où vous travaillez depuis tant
d'années, et tout cela pour le vain plaisir d'un moment, pour une passion qui
s'éteindra sitôt quelle sera satisfaite,
et qui ne vous laissera que des remords? Sont-ce là les sentimens qui
doivent animer un héros? Est-ce à
l'amour à nuire à l'ambition? vous avez
déjà beaucoup trop d'ennemis, monsieur; ne cherchez point à en accroître
le nombre. Excusez ma franchise, j'ai
acquis le droit, par mon âge et par
mes travaux, de vous parler comme je le
fais; l'estime dont vous m'honorez m'y
autorise...... Ah! croyez-moi, gardez-
vous de laisser soupçonner que l'amour
puisse entrer pour quelque chose dans
les troubles que vos rigueurs excitent.
Le Français courbe avec peine sous le
joug d'un ministre étranger; quelque

grand que vous puissiez être, le sang de
sa nation ne coule pas dans vos veines, et
c'est un grand tort à ses yeux quand on
veut prétendre à le régir; amis, ennemis, tout vous condamne, tout attribue
au desir de vous élever les malheurs
dont vous affligez la France. On connaît
vos prétentions à vous dire issu de la
seconde race de nos rois, et à reven-
diquer la couronne à ce titre sur les des-
cendans de Hugues Capet. Admettons
un instant cette idée, la favoriserez-
vous en rompant d'illustres alliances
pour en contracter une si fort au-dessous de vous? Ainsi, soit que vous aspi-
riez au plus haut degré de gloire, soit
que vous vous contentiez de celui où
vous êtes, dans tous les cas, vos projets
sont indignes de vous; monsieur le duc,
vous devez aux Français l'exemple des
vertus, peut-être avez-vous besoin d'en
montrer plus qu'un autre pour effacer les
torts dont on vous accuse. Que ce ne soit
donc pas dans un moment tel que celui-ci,
où la plus répréhensible des faiblesses
vienne achever de répandre sur vos ac-

tions, un louche, dont vos ennemis ne
profiteraient que trop vîte. C'est à la postérité, monsieur, qu'un homme comme
vous répond de ses démarches, et il ne
doit pas en être une seule dans tout le
cours de sa vie qui puisse le faire rougir
un instant.

Comte, répondit monsieur de Guise,
si vous aviez jamais éprouvé les sentimens que Juliette m'inspire, vous auriez
un peu plus d'indulgence pour moi : jamais, mon ami, jamais aucune passion
ne s'introduisit plus vivement dans un
cœur; ses yeux ont changé mon existence entière, il n'est pas une seule minute dans la journée où je ne sois rempli de son image; et si quelquefois la
reine ou son époux veulent trouver en
moi le ministre, anéanti du trouble qui
me presse, je ne leur montre plus que
l'amant. Avec l'âme que vous me connaissez, Sancerre, cette passion peut-
elle être soumise à des devoirs? Et vous
étonnerez-vous de tous les moyens que
je prendrai pour m'assurer l'objet de mon
idolâtrie?...... Non, il n'en sera aucun

C 4

que je n'emploie pour devenir l'amant
ou le mari de Juliette; fortune, honneur, considération, crédit, espoir, hymen, enfans, tout...... tout s'immolera
dans l'instant aux genoux de celle que
j'adore, je ne me plaindrai que de la
médiocrité des sacrifices; et si comme
vous le dites l'ambition pouvait me
donner des remords, ce serait tout au
plus ceux de ne pouvoir lui offrir que
la seconde place de l'état.

Sancerre combattit vivement ces résolutions du délire, il employa tout ce
qu'il crut de plus persuasif, et de plus
éloquent; mais, monsieur de Guise fut
inébranlable; et le comte n'osant plus
insister se retira, content de rapporter
au moins à sa protégée, la permission de
voir le baron de Castelnau, promise depuis plusieurs jours, et retardée par les
nouveaux troubles.

Juliette versa des larmes bien amères,
en apprenant que rien au monde ne
pouvait changer les résolutions de monsieur de Guise. — O mon ami, dit-elle
le même soir à Raunai! il n'est donc

que trop sûr que le Ciel ne nous avait pas destiné l'un à l'autre! Quel horrible avenir se présente à mes yeux! il faudra que je devienne la femme de cet homme barbare, souillé du meurtre de nos frères!... Je serai réduite à l'horreur de partager son lit!.... Infortunée! il faut que je perde mon amant ou mon père; il faut que j'immole ou mon amour ou l'être précieux qui m'a donné la vie! voilà donc l'usage que ces hommes d'état font des pouvoirs qui leur sont confiés! et ces fers qui s'appésantissent sur nous, tous ces fléaux qui nous accablent...... au nom d'un souverain......à chaque instant trompé lui-même, ne sont donc que les moyens des passions de ces hommes puissans..... que les armes secrètes dont ils usent pour les assouvir!..... Il faut qu'elles le soient ou que nous gémissions....; il faut qu'ils deviennent heureux, ou que le sang coule!..... Je voudrois que mes jours...... Hélas! ils ne sauveraient rien.... nous n'en péririons pas moins tous les deux. Juliette, répondit Raunai, mille sentimens confus

m'animent à-la-fois..... Je puis sortir
d'Amboise comme j'y suis entré.... je
puis rejoindre mes amis, revenir avec
eux sous ces remparts délivrer et ton
père et toi, trancher sans aucune pitié
les jours de ces cruels despotes qui se
font un jeu d'abréger les nôtres, les pul-
vériser tous au pied du trône que leur
tyrannie déshonore, et mériter enfin ton
cœur, après avoir immolé nos bourreaux. L'inaction où je reste pendant que
l'on s'abreuve du sang de nos frères m'a-
vilit à mes propres yeux; je voulais embrasser tes genoux.... J'ai réussi... Laisse
moi revoler au combat...... laisse moi
fuir les murs de cette ville odieuse, je
ne veux plus y revenir que triomphant;
je ne veux plus que tu m'y voyes, qu'a-
portant à tes pieds la tête de nos persécuteurs — Non, calme-toi Raunai, je
verrai demain mon père..... Je l'enten-
drai... peut-être après, te communi-
querai-je un dessein plus sûr pour finir
nos maux personnels, puisque nous ne
pouvons aspirer à l'honneur de terminer
ceux de nos compagnons d'infortune....
calme-toi, cher et unique amant, aime

Juliette, que l'idée d'en être adoré te console, et sois sûr que qui que ce soit dans l'univers n'acquerra sur son cœur, des droits.... qui ne peuvent appartenir qu'à toi seul.

Mademoiselle de Castelnau ne tarda point à profiter de la permission qu'elle avait obtenue de voir son père; elle vole à la prison. Le baron n'était point prévenu; cette surprise pensa lui coûter la vie; il fut quelques instans sans connaissance dans les bras de Juliette. O! chère fille, s'écria-t-il, dès que ses yeux furent r'ouverts au jour, je craignais bien que les barbares ne me traînassent à l'échafaud sans qu'il me fût possible de t'embrasser pour la dernière fois. Vous ne mourrez point, mon père, répondit Juliette; je suis la maîtresse de vos jours; un mot de moi peut vous les conserver. — Un mot! que veux-tu dire?... Si ce mot te coûtait l'honneur, Juliette, je ne voudrais point d'une vie payée de ton opprobre. — O ! mon père, ce n'est pourtant qu'à ces conditions que je puis vous arracher des mains de nos ennemis...

Le duc de Guise.... Il veut que je cède à
sa passion; et dès qu'il est enchaîné par
l'hymen, ce qu'il exige peut-il avoir lieu
sans qu'il en coûte un crime, à lui, ou
l'honneur à votre malheureuse fille? Ah!
Juliette, reprit fermement Castelnau,
laisse-moi périr; j'ai vécu; ce serait
acheter trop cher le peu de jours que je
dois languir ici-bas.... Non, mon enfant,
non; je ne les paierai point au prix de
ton honneur et de ta félicité. Je le savais
trop bien que ces tyrans n'étaient mus
que par l'égoïsme, et que l'ambition était
l'unique cause de leurs crimes. Mais il
est un Dieu juste qui nous vengera, chère
fille, un Dieu puissant aux yeux duquel
les malheurs sont des droits, et les vertus
des titres. Elevée dans la plus pure des re-
ligions, garde-toi d'en oublier les principes; qu'ils te servent à jamais d'égide
contre les séductions de ces idolâtres, et
puisque ma vie ne peut plus garantir ta
jeunesse, que ma mort au moins t'en-
courage.... Tu la verras, ma fille, oui,
je demanderai de mourir dans tes bras,
et mon âme, bientôt aux pieds de l'Eternel, obtiendra de lui cette protection,

que mes revers m'empêchent de t'accorder.... Et Juliette, anéantie dans les
bras de son père, ne pouvait que gémir
et répandre des larmes. Ne pleure pas,
chère fille, reprit le baron, ne t'afflige
pas; tu le retrouveras dans le ciel ce
père infortuné que l'on t'enlève sur la
terre; il va préparer l'Être Suprême à te
faire jouir des faveurs que ta conduite et
ta religion doivent te faire espérer de
lui.... il va t'attendre dans le sein d'un
Dieu.... O! ma fille, voilà donc ce que
c'est que le monde.... ses espérances....
et ses biens!... Elevé à la cour, fait pour
prétendre à tout, l'ami, le compagnon
de ces gens-ci, ayant versé près d'eux
mon sang pour la patrie.... parce que je
ne veux pas adopter leurs erreurs......
parce que je hais leurs sacriléges et leur
impiété...... que je veux en un mot,
adorer Dieu dans la pureté de l'Evan-
gile.... tous ces amis.... tous ces camarades sont aujourd'hui mes juges, et demain seront mes bourreaux. Eh! qui leur
a donc dit que leur cause est la bonne?
Ont-ils entendu mieux que moi la pa-

role divine ? Fut-il même vrai que je me trompasse..... une erreur dans le culte doit-elle être mise au rang des crimes? L'Eternel peut-il être honoré par du sang; et ceux qui, pour le servir, osent lui sacrifier des hommes, ne sont-ils point, par cela seul, dans l'erreur et le mauvais chemin ?.... N'importe, ma fille, n'importe ; je mourrai, puisqu'il le faut..... Oui, je mourrai certainement, puisque je ne pourrais conserver la vie qu'aux dépends de ton honneur.... Mais le brave Raunai, chère fille, qu'est-il devenu dans ce tumulte ?

Mademoiselle de Castelnau apprit à son père tout ce qui concernait son amant... elle lui dit qu'il était dans Amboise ; elle lui conta comme il s'y était introduit, et l'envie qu'il avait d'en sortir pour tenter un nouveau coup de main. Il ne réussirait pas, reprit le baron ; ils sont maintenant sur la défensive ; tout est manqué ; nous avons été trahis..... O ! Juliette, la bonne cause n'est pas toujours la plus sûre, quand elle est dans les mains du faible.... Mais le ciel est

notre recours, je l'implore : il nous exau-
cera.

Juliette entretint ensuite le baron des
honnêtetés du comte de Sancerre.... de
tous les soins que son épouse et lui recevaient journellement d'elle, et des
démarches infructueuses que le comte
avait fait près du duc. Sancerre est
mon ami depuis l'enfance, reprit le
baron ; nous avons été élevés tous les
deux dans la maison du duc d'Orléans
fils de François Ier.; nous combattions
ensemble à la journée de Saint-Quentin;
il a été forcé à ce qu'il a fait vis-à-vis de
nous dans la ville de Tours; il le répare
par mille procédés nobles. Je reconnais
bien-là son ame honnête et son cœur
vertueux.... peut-être le verrai-je avant
ma mort; je le prierai de te servir de
père.... de te réunir à ton amant; mais
quand je ne serai plus, chère fille, qui
sait ce que feront nos tyrans! proscrite
par ta religion, en haine au duc par ta
vertu, ô! Juliette, que de malheurs peuvent éclater sur toi!.... Puis levant les
mains vers le ciel...... Être Suprême,

s'écria ce malheureux père, daignez vous
contenter de mon supplice ; ne permettez pas que cette fille chérie devienne la
victime des méchans ! son seul crime est
de vous servir.... de vous adorer comme
vous avez desiré de l'être.... comme vous
l'avez enseigné par votre sainte loi.....
Voudriez-vous, Seigneur, que ses vertus
et sa religion, que tout ce qui l'approche
le plus de votre sublime essence, devînt
la cause de son opprobre, de ses tourmens et de sa mort !.... Et l'infortuné
Castelnau retombait en larmes dans le
sein de sa fille ; il la serrait... il la pressait
entre ses bras. Craignant peut-être que
ce ne fût la dernière fois qu'il lui devint
permis de la voir, son ame paternelle
s'exhalait toute entière dans ses sombres
carresses ; on eut dit qu'il voulait la con-
fondre avec celle de sa fille, afin que
quelque chose de lui pût exister encore
dans l'objet le plus précieux qui lui restât
sur la terre.

O ! mon père, dit Juliette, au milieu
des sanglots que lui arrachait cette scène
de douleur : Puis-je consentir à votre sup-

plice? Raunai lui-même peut-il donc le permettre? Ah! croyez-le, mon père, il aimera mille fois mieux renoncer au bonheur de sa vie, que de m'obtenir aux dépends de la vôtre.... Mais quoi! partagerais-je les torts du duc de Guise, si je ne faisais que consentir à devenir son épouse, en le laissant se charger seul des forfaits qui doivent me lier à lui? Au moins vous vivriez, mon père; j'aurais conservé vos jours, je serais l'appui de votre vieillesse, j'en pourrais faire le bonheur! — Et j'acheterais quelques momens de vie par une multitude de crimes? — Ce ne seront pas les vôtres. — N'est-ce pas les partager que d'y donner lieu? Non, ne l'espère pas, ma fille; je ne souffrirai pas qu'Anne d'Est soit immolée pour moi; il faut que l'un des deux périsse; le duc de Guise ne répudiera point sa femme; il ne sera à toi qu'en tranchant les jours de cette vertueuse princesse. Voudrais-tu devenir l'épouse d'un tel homme, d'un barbare, qui, non content de ce crime, remplit chaque jour la France de deuil et de larmes?.... Dis,

Juliette, dis, pourrais-tu goûter un instant de tranquillité dans les bras d'un tel
monstre?..... Et cette vie, qui t'aurait
coûté si cher.... ô! mon enfant, crois-tu
que j'en pourrois jouir moi-même?.....
Non, ma fille; c'est à moi de mourir,
mon heure est venue; il faut quelle s'ac-
complisse. Et que sont quelques instans
de plus ou de moins? N'est-ce pas un
supplice que la vie, quand on ne voit
autour de soi que des horreurs et que des
crimes? Il est temps d'aller chercher dans
les bras de Dieu la paix et la tranquillité
que les hommes m'ont refusé sur la terre...
Ne pleure pas, Juliette, ne pleure pas;
je ne suis pas plus malheureux que le na-
vigateur qui, après des périls sans nombre, touche à la fin au port qu'il a tant
desiré.... Faut-il t'en dire davantage?
je te défends, par toute l'autorité que
j'ai sur toi, de songer à me conserver
par les moyens infâmes qu'on te propose; et si j'apprenais ta désobéissance
sur ce point, je ne te verrais plus. Eh
bien! mon père, dit Juliette, avec cet
élan de l'ame qui annonce qu'elle est

remplie d'un projet important, eh bien !
il me reste un moyen de vous sauver, et
je cours le mettre en usage. — Qu'il ne
soit sur-tout jamais aux dépends de ce
que tu dois à Dieu.... à toi-même.... à
Raunai.... Songe que je ne voudrais pas
ajouter vingt ans de plus à ma carrière,
si ce long terme pouvait coûter un seul
soupir à ton bonheur où à tes vertus.

Juliette sort, et va trouver Raunai.

O ! mon ami, lui dit-elle, voici l'instant de me prouver les sentimens que
tu m'as juré dès l'enfance.... M'aime-tu,
Raunai ? te sens-tu capable du plus grand
effort de l'humanité pour me prouver ta
flamme ?—Ah ! peux-tu croire qu'il puisse
exister quelque chose au monde que je
ne sois prêt à exécuter pour toi ? — Oui,
mon ami, j'en peux douter.... Tu trem-
bleras quand je t'aurai tout dit ; et
néanmoins, il faudra m'obéir, ou me laisser dans l'affreuse idée que tu n'as jamais
aimé ta maîtresse. — Que veux-tu dire,
Juliette ? tes discours.... l'agitation dans
laquelle tu es.... tes yeux, où je ne vois
plus que du désespoir au-lieu d'amour...

tout me fait frémir ; explique-toi. —
Songe que je m'immolerai moi-même
dans le sacrifice que je vais t'expliquer....
Il me coûtera plus qu'à toi ; je m'y résous
pourtant ; que mon exemple t'encou-
rage.... Raunai, m'aimes-tu assez pour
consentir à ne plus me revoir.......
assez, pour me perdre à jamais? —
Juste ciel ! — Ecoute-moi, Raunai, ne
t'alarme pas sans être instruit ; je vais te
proposer un acte de vertu : ton âme accepte, je l'entends. Nos bourreaux n'ont
qu'un objet ; c'est de savoir quel est le
chef.... quel est le principal moteur de
tout ceci. Vas trouver le duc de Guise,
dis-lui que le seul desir de sauver un
ami qui n'est point coupable, t'a fait
franchir tous les obstacles qui se trouvaient à pénétrer dans Amboise ; assure-
le de l'innocence de mon père ; dis-lui
que bien plus craint qu'aimé dans le
parti, Castelnau ne s'est jamais occupé
que de le trahir et de se donner au roi ;
dis-lui que toi seul est au fait de tout,
et que sous l'unique clause qu'on rendra
le baron à sa fille, tu es prêt à tout révé-

ler. Donne ta liberté pour garant de ta parole; dis que tu veux remplacer le baron dans les fers, que tu t'offres au supplice qu'on lui a préparé, si tu ne dévoiles pas ce qu'on desire.... On acceptera tout; on ne veut que découvrir les auteurs du complot; la crainte d'être trompé par toi ne les arrêtera point, puisque tu remplaceras mon père, puisque tu seras dans leurs mains comme lui.... Tu vois l'immensité du sacrifice que je te propose, car ils n'arracheront rien de toi, je le sais; tu mourras donc, mon ami; c'est à la mort que je t'envoie; mais n'imagine pas que je te survive, je te suis dans l'obscurité du tombeau; mon âme y vole avec la tienne. Ce respectable vieillard n'a-t-il pas mérité de jouir de son dernier âge? N'a-t-il donc pas plus de droit à la vie que ses enfans? Ah! le prix de ce que nous allons faire, mon ami, s'offre à nous de toutes parts; nous le trouverons dans le sein de Dieu, il nous attend pour y couronner cette grande action, elle se conservera dans le souvenir des hommes, ils la graveront

dans le temple de mémoire. Raunai,
qu'un tel sort est au-dessus des jouissances mondaines ! comme les palmes
de l'immortalité sont préférables aux
jours obcurs et languissans que nous
traînerions sur la terre.

Embrasse-moi, fille céleste, embrasse-
moi, s'écria Raunai. Ah! j'aurai donc pu
te prouver mon amour, j'aurai donc su
te convaincre une fois ʼil n'est pas un
seul être dans le monde qui sache t'aimer comme je le fais. — Tu consens? —
En doute-tu?.... Homme digne de moi,
s'écria Juliette, viens dans mes bras,
viens cueillir sur mes lèvres les premiers et les derniers baisers de l'amour…
Ah! quelle âme est la tienne, Raunai,
combien je t'aime et combien je t'estime! N'imagine pourtant pas que je te
laisse traîner à l'échafaud sans travailler
à ta vengeance, il en coûtera la vie au
barbare qui prononcera ton arrêt; vois
ce fer, poursuivit-elle, en sortant un
poignard de son sein, il ne me quitte
pas depuis que je suis dans Amboise, et
dès l'instant que tu seras sous les chaînes

de mon père, je m'attache aux pas du
duc de Guise, il faudra qu'il te sauve
ou qu'il périsse lui-même.... Oh ciel on
nous écoute, dit Juliette, en entendant
du bruit près du cabinet du jardin où
elle avait la liberté d'entretenir son
amant.... On nous écoute, Raunai, dieu
veuille que nous ne soyons point trahis.... Va cours, fais ce que j'exige, et
sois certain d'être vengé, avant que je
ne m'immole avec toi.

Juliette rentra chez madame de Sancerre, sans découvrir la cause de ce qui
l'avait effrayée ; elle fit part de son inquiétude à la comtesse, qui l'assura que
personne n'avait pu s'introduire dans le
jardin pendant qu'on lui permettait d'y
recevoir Raunai ; que monsieur de Sancerre et elle, étaient l'un et l'autre trop
interressés au mystère, pour ne pas
avoir pris toutes les précautions qui pouvaient l'assurer : mais Juliette ne se
calma point. Raunai lui obéissait-il ?
elle ne devait plus le revoir, et dans
ce cas, l'avait-elle assez remercié, lui
avait-elle assez fait sentir combien elle

était touchée d'un sacrifice aussi grand de sa part ? Si les amans ordinaires n'ont jamais fini de se parler, combien devaient-ils rester à ceux-ci, de choses importantes à se dire ?

Raunai était loin de balancer ; ce qu'il avait promis lui paraissait tellement fait pour sa belle âme, qu'il n'eut pas un instant de repos, que l'échange ne fût proposé. Dès qu'il est jour, il vole chez le duc de Guise.

Vous Raunai, dans ces lieux, lui dit le ministre étonné. — Oui, monsieur le duc, moi-même, et la façon dont j'y viens, met à découvert, ce me semble, les intérêts qui m'y conduisent. Vous faites une injustice, monsieur, je la répare. Le baron de Castelnau que vous retenez dans les fers n'est pas plus coupable que celui des officiers de votre parti qui le servent avec le plus de zèle; c'était à nous de le punir, puisqu'il a dû nous trahir cent fois ; daignez le rendre à sa malheureuse fille que vous plongez au désespoir, et ne redoutez pas des ennemis aussi peu dangereux que lui. Vous exigez

exigez le secret de l'entreprise, monsieur; moi seul je puis vous le révéler : que le baron soit libre, à l'instant tout vous sera découvert ; n'imaginez pas que je veuille faire échapper une victime de vos mains, pour vous tromper après. Je vous demande la place et les fers du baron, et ma tête est à vous, si je manque au serment que je fais de vous dire tout. Avez-vous réfléchi, Raunai, dit le duc, à l'imprudence de votre procédé? Avez-vous senti que dès l'instant que vous étiez dans Amboise, vous deveniez prisonnier du roi sans qu'il fut besoin de vous livrer vous-même, et que dès-lors les conditions que vous mettez à nous apprendre ce qu'on desire, devenaient d'autant plus inutiles, que les tourmens nous suffisent pour obtenir de vous ces aveux. Si ma démarche est inconséquente, monsieur, reprit Raunai avec plus de fierté que de prudence, votre discours l'est bien davantage; il faut bien peu connaître la nation, il faut être, comme vous, étranger dans son sein, pour igno-

Tome I.   D

rer qu'on peut tout obtenir du Français par l'honneur, et rien par les supplices; essayez-les monsieur, que vos bourreaux paraissent, vous verrez s'ils m'arracheront le moindre aveu. — Et quel est l'intérêt que vous prenez à Castelnau? — Celui qui devrait vous émouvoir, l'envie d'épargner une injustice à l'homme qui conduit l'état; eh! monsieur, votre conscience ne vous en reproche-t-elle pas assez, sans vous noircir encore de celle-ci? des discussions comme celles qui nous divisent, devraient-elles donc coûter autant? Si les ennemis qui viennent de persécuter trente ans notre patrie, se préparaient à l'accabler encore, peut-être se repentirait-on d'avoir sacrifié tant de braves gens à des divisions qu'un seul mot pourrait arranger. C'est pendant les malheurs de la France qu'on regrette ceux qui savent la servir. L'infortuné baron de Castelnau tant de fois blessé sous vos yeux... tant de fois utile à l'état, ne mérite pas de finir ses jours sur un échafaud; je vous demande encore une fois sa grâce avec instance,

monsieur, et vous renouvelle ma parole de vous dévoiler les choses les plus
importantes, quand vous aurez rendu
à Juliette le plus cher objet de ses desirs. — Il n'est pas mal - aisé de voir
qu'elle seule vous occupe ici. — Oui,
je l'adore, je ne m'en cache pas, monsieur ; mais est-ce à l'obtenir que je travaille, et ce que j'entreprends, poursuivit Raunai, en lançant sur monsieur
de Guise un regard énergique, ce que
je vous propose enfin, peut-il effrayer
mes rivaux ? Mon dessein est de lui
rendre un père...., un père innocent
et qu'elle aime, je vous offre à ce prix
l'aveu du secret qui vous intéresse, et
vous avez ma vie si je vous en impose.
Raunai, vous aimez Juliette, dit le
duc, avec un trouble dont il lui fut impossible d'être le maître. — Si je l'aime
grand dieu ! elle est l'unique arbitre de
mes jours, elle seule dirige mon sort,
elle est ma gloire sur la terre, mon espérance dans un monde meilleur.... elle
est ma vie.... elle est mon âme; elle
est tout, monsieur, tout pour l'infortuné

qui vous parle. — Vous auriez pu le dire
avec plus de détours, vous deviez soupçonner qu'elle était aimée de moi, puisque je l'avais vue, et que vos transports
n'étaient plus qu'une offense, dont il
ne tient qu'à moi de me venger. Faites, monsieur, faites, répondit fermement Raunai, rendez-vous plus
odieux que vous ne l'êtes, achevez de
susciter pour ennemis à la France tous
les individus qui l'habitent, que tout
ce qui respire dans cette belle partie
de l'Europe devienne la proie des viles
passions qui vous subjuguent, que le citoyen ne prononçant votre nom qu'avec
horreur, le maudisse à tous les instans
du jour, soyez à-la-fois l'épouvante et
l'exécration de la patrie, inondez-là par
des fleuves de sang, couvrez-là par des
champs de carnage; mais ne vous flat-
tez pas de triompher toujours, les Français trouveront encore un Marcel qui
saura poignarder dans le sein de leur
maître, les vils flatteurs qui le gouvernent; craignez si la voix de l'honneur n'est pas éteinte en vous, d'offrir

une seconde fois ces fleaux à la France, immolez jusqu'au dernier de nous; mais de nos cendres mêmes sortiront des héros qui sauront nous venger. (1) Retirez-vous Raunai, dit le duc, trop bon politique pour ne pas se contenir à des reproches aussi durs et aussi mérités. Je ne puis rien vous dire avant que d'avoir entendu Castelnau.... Juliette doit vous savoir gré de ce que vous faites

---

(1) Raunai parle ici de l'anecdote de 1358, pendant que Charles V était régent du royaume lors de la prison du roi Jean après la bataille de Poitiers. Les mécontens de la capitale ayant à leur tête Étienne Marcel, prévôt des marchands, massacrèrent dans la chambre même du dauphin régent, et à ses pieds, Robert de Clermont, maréchal de Normandie, et Jean de Conflans, maréchal de Champagne. C'est ce Marcel qui la même année voulut livrer Paris aux Anglais; mais comme il s'avançait vers la Porte Saint-Antoine; Maillard, fidèle citoyen, dont la statue devrait être érigée sur le lieu même, sauva la ville et assomma le traître d'un coup de hache. Nous avons bâti beaucoup d'églises depuis, et pas un malheureux piédestal à cet homme célèbre.

pour elle ? — Elle l'ignore monsieur.
— Je veux le croire, quoiqu'il en soit
retirez-vous.... et du ton de la plus sanglante ironie, il faudra travailler à vous
conserver tous ; des officiers aussi pleins
d'ardeur doivent être précieux à l'état,
et je ne veux pas que vous m'en regar-
diez toujours comme le tyran.

Raunai sortit, fâché de s'être trop livré à des mouvemens, dont son amour
et sa fierté l'avaient empêché d'être
maître, et craignant qu'un peu trop de
chaleur, n'eût plutôt gâté que servi les
affaires du baron.

Pour monsieur de Guise, il ne tarda
pas d'apprendre à son ami Sancerre,
tout ce qui venait de se passer ; le
comte n'avoua point qu'il savait Raunai
dans la ville, mais il persista à engager le
duc à des voies de clémence, qu'il
croyait indispensables dans la situation
des choses. Raunai s'immortalise, dit
Sancerre ; ce trait est digne des Romains.... Monsieur le Duc, quand la
postérité racontera son histoire auprès
de la vôtre, elle dira : « Raunai, le

» brave Raunai, offrit sa tête pour sauver
» celle du père de sa maîtresse, pen-
» dant qu'un duc de Guise, un étran-
» ger qui gouvernait l'état, croyait le
» servir alors par une foule de crimes
» et d'assassinats journaliers ».

Le duc se taisait, mais il était facile
de démêler dans ses yeux une sorte de
contrainte et d'embarras qui peignait
l'agitation de son âme ; ébranlé par des
reproches aussi vifs, et qui lui arrivaient
de toutes parts, ne pouvant vaincre sa
passion, ne se dissimulant pas quel tort
elle lui ferait dans l'esprit de la cour, si
jamais elle se découvrait, il demandait
des conseils au comte ; il rejetait ceux
qui ne favorisaient pas ses desirs ; quelquefois il se décidait à des sacrifices,
l'instant d'après on n'entendait plus de
lui que des menaces ; il s'étonnait qu'on
lui résistât ; il voulait en faire repentir
ceux qui l'osaient, et ces oscillations
perpétuelles, ce flux et ce reflux ora-
geux d'une âme tour-à-tour emportée
par l'amour et par le devoir, le rendait
le plus infortuné des hommes.

D 4

Castelnau fut appellé devant ses juges; quelque dussent être les intentions du duc de Guise, cet interrogatoire était inévitable; ayant été impossible au baron de revoir sa fille depuis les démarches de Raunai, ses réponses ne purent être analogues aux desirs de ceux qui voulaient le sauver; il n'y avait rien que n'eût entrepris Raunai pour lui faire part de ses desseins, et pour l'engager à parler d'après les plans concertés entre Juliette et lui; mais il n'avait pu réussir, Castelnau parut donc et ne put agir que d'après lui. Les deux Guises et le Chancelier assistaient à cette séance.

Castelnau débuta par réclamer la parole du duc de Nemours; il m'a juré, dit-il, de me conduire aux pieds du roi, pourquoi suis-je dans les fers? Toutes les paroles que Nemours a pu vous donner sont vaines, lui dit le duc de Guise; il n'y a aucun serment qui puisse être regardé comme sacré quand il est fait à un rebelle ou à un hérétique. (1)

_____

(1) Le conseil de guerre présidé par le maréchal de Saint-André l'avait décidé de cette manière.

Ainsi donc, reprit Castelnau, je ne dois pas parler davantage de la lettre qu'il vous a plu de m'écrire : voilà des super-cheries et des trahisons bien atroces envers un officier français !—On le somma de répondre avec la plus grande justesse à ce qui allait lui être proposé, en le menaçant de la question s'il altérait la vérité. Castelnau se troubla, il pâlit. Vous avez peur baron, lui dit aussitôt le duc de Guise. Monsieur, répondit fermement Castelnau, je n'ai jamais trem-blé devant les ennemis de la France, vous le savez ; mais je suis intimidé de-vant les miens ; peut-être dans le fond de votre âme en savez-vous la raison mieux qu'un autre ; faites-moi rendre mes armes, monsieur le duc, ces armes qui m'ont fait si long-temps triompher près de vous, et qu'il paraisse alors celui qui pourra m'accuser d'avoir peur...... Ah ! qui sait, monsieur, qui sait si vous ne trembleriez-pas plus que moi, dans le cas où le sort vous mettrait à ma place.... N'importe, que l'on m'interroge et je n'en répondrai pas moins juste.

D 5

Alors, suivant le droit insolent et barbare que les juges croyaient avoir de
mentir en pareil cas, on lui dit que
Raunai l'avait inculpé. Il répondit que
c'était impossible; on lui fit lecture des
dépositions de la Bigue et de Mazère; il
dit que ceux qui s'avilissaient jusqu'à
devenir *dénonciateurs*, perdaient le
droit d'être entendus comme *témoins*.

Obligés de se contenter de cette récu-
sation, les juges lui dirent, que profes-
sant la religion réformée et ayant été pris
les armes à la main, il ne pouvait éviter
le dernier supplice qu'en dévoilant les
chefs dont il avait suivi les ordres.

« Je n'ignore pas, dit Castelnau, que
mes juges au nombre desquels je vois
mes plus grands ennemis n'ayent, et le
pouvoir de me faire périr et toute l'ha-
bileté nécessaire à en trouver les moyens;
mais je déteste le mensonge, et rien ne
me contraindra à l'employer pour sauver
ma vie. Il faut bien peu connaître la nation pour oser accuser des Français du
crime que l'on me suppose, non que
l'Etat, ni celui qui le gouverne, ne re-

doutent rien de nous; nous ne voulons qu'offrir au souverain la pitoyable situation de la France; lui faire voir les campagnes désertes; d'infortunés citoyens arrachés des bras de leurs épouses, traînés dans les plus obscures prisons; des enfans abandonnés dans les rues, mourans de faim et de misère, réclamant par des cris douloureux des parens que le despotisme leur enlève (1); des scélérats profitant de ces troubles pour ravager la France, toutes les parties de l'adminis-

---

(1) Peu avant ces troubles il y avait eu des enlèvemens d'enfans qui n'avaient point la religion pour cause; on voyait dans les campagnes les mères éplorées s'enfuir en pressant leurs enfans dans leur sein; d'autres les cachaient dans des trous, dans des buissons où elles revenaient les chercher après; la désolation était générale, on ne sut jamais trop le véritable sujet de ces rapts; on les trouve à quatre différentes époques dans les annales secrètes de la monarchie; une fois sous la première race, ensuite sous Louis XI, sous François II et sous Louis XV. On en a douté, mais à tort, ils ont eu lieu très-certainement à chacune de ces époques.

D 6

tration en désordre, la sûreté des chemins négligée, le peuple accablé d'im-
pôts, le malheureux habitant de la campagne attelé lui-même à sa charrue faute
d'animaux qui puissent ouvrir le sein de
la terre aux chétives semences qu'il va
lui confier, et qui ne germeront arrosées
de ses larmes que pour devenir la proie
d'insolens collecteurs; le sang du peuple
répandu dans toutes les villes, et le royaume enfin à la veille d'être la conquête
de l'ennemi : voilà, messieurs, les tableaux que nous devons tracer...... les
malheurs que nous voudrions peindre....
les fléaux que nous voudrions éviter!
Ces intentions supposent-elles des projets de révolte. Nés Français, nous n'a-
vons pas besoin que personne nous ap-
prenne comment nous devons approcher
de nos chefs. Un de nos premiers droits
est de réclamer leur justice.... de leur faire
entendre nos plaintes, nous en usons.....
mais nous nous armons, dites-vous? Cela
est vrai, un voyageur le peut quand il doit
traverser une forêt remplie de brigands :
voilà l'excuse de nos armes, et nous la

croyons légitime; rompez les barrières
que vous élevez entre le gouvernement
et nous, on ne nous y verra plus arriver
que des réclamations à la main. Nous les
avons posées ces armes, sitôt qu'un général en qui nous croyons pouvoir prendre
confiance (1) nous a donné sa parole de
faciliter nos desseins; vous voyez l'estime que nous devons avoir pour des promesses qui n'ont été faites que pour nous
tromper, que pour nous ravir des moyens
de justification, et pour nous composer
de nouveaux crimes; mais qu'on n'imagine pas que la nation puisse s'abuser
long-temps sur les projets des Guises à
se frayer un chemin au trône; il leur
faut malheureusement pour y parvenir,
le sang et les malheurs du peuple; on les
verra bientôt au comble de leurs vœux.
Puissent ceux qui nous suivront se trouver bien de ces dangereux changemens!
si le contraire arrive.... et il arrivera,
nous aurons au-moins nous autres victimes, immolées par vous aujourd'hui;

_____

(1) Le duc de Nemours.

comme de tendres brebis sans défense;
nous aurons, dis-je, pour consolation
dans un monde meilleur, l'idée d'avoir
perdu nos jours pour le bonheur de la
patrie et pour la prospérité de l'Etat:
voilà ma tête, faites-la tomber sous vos
coups; la voilà, je l'offre et la perds sans
regrets; ce n'est pas mourir que d'em-
porter avec soi d'aussi flatteuses espérances; elle est pour vous cette mort où
vous croyez nous condamner..... pour
vous seuls, dont la postérité ne parlera
qu'avec horreur, tandis qu'objets de son
culte et de son admiration, elle daignera
nous faire parvenir encore aux pieds de
l'éternel ces hommages flatteurs que son
équité rend à qui servit les hommes».

On renouvella les interrogations: Castelnau s'en tint toujours aux mêmes réponses; on lui tendit des piéges, imagi-
nant le trouver en défaut sur la religion..... croyant qu'un guerrier comme
lui, plutôt entraîné par l'esprit de parti
que par amour de la vérité, serait à coup
sûr mauvais théologien; on l'interrogea
sur le dogme.

L'érudition de Castelnau confondit tous ses juges; parmi plusieurs autres questions, on lui demanda qu'elle répugnance il avait à croire la présence réelle de la divinité dans l'eucharistie. Monseigneur, dit le baron au cardinal qui lui adressait la parole, ces espéces que vous croyez transubstantiées dans le véritable corps et le véritable sang du fils de Dieu, se corrompent-elles ou non aprés les paroles du prêtre? Elles se corrompent, dit le cardinal; bon, répondit Castelnau: monsieur le duc je vous prends à témoin de l'aveu de votre frère, et vous voudriez messieurs, poursuivit-il, que des espéces qui ne seraient plus matérielles, mais qui selon vous contiendraient le corps et le sang de Notre-Seigneur fussent sujets aux dissolutions..... aux dégradations de la matière? Ah! messieurs quelle effrayante idée vous avez de la grandeur de l'Eternel! sous quel aspect vous osez nous l'offrir! et comment un gouvernement raisonnable peut-il vouloir cimenter ces blasphêmes absurdes, par le sang précieux des hommes?

Baron, dit le chancelier, il est aisé
de voir que vous avez étudié votre leçon.
Je me regarderais comme bien méprisable, répondit Castelnau, si ayant à
prendre parti dans une affaire qui regarde le salut de mon ame et les intérêts
de ma patrie, je m'y étais engagé comme
un sot et sans savoir le fond de la question. Lorsque vous fréquentiez la cour,
reprit le chancelier, vous me paraissiez
moins au fait de toutes ces disputes de
controverse. Cela est vrai, dit le baron, mais j'ai eu des malheurs ; j'ai été
fait prisonnier de guerre en Flandre,
ces momens de vuide m'ont fait naître
l'envie de m'instruire ; je l'ai cru nécessaire, je l'ai fait. A mon retour je passai
chez vous, monseigneur, continua le
baron en fixant le chancelier ; vous étiez
alors dans votre terre de Leuville ; vous
me demandâtes à quoi j'avais passé le
temps durant ma prison, et lorsque je
vous eus répondu que c'était à étudier
l'écriture sainte et à me mettre au fait
des disputes qui agitaient si fort les es-

prits, vous approuvâtes mon travail;
vous dissipâtes les doutes qui me res-
taient; nous étions, s'il m'en souvient
parfaitement d'accord. Comment se peut-
il qu'en si peu de temps l'un de nous
deux ait tellement changé de façon de
penser, que nous ne puissions plus nous
entendre? mais alors vous étiez dans la
disgrâce et vous parliez à cœur ouvert.
Malheureux esclave de la faveur, pourquoi faut-il que pour complaire à un
homme qui peut-être vous méprise, vous
trahissiez aujourd'hui votre Dieu et votre
conscience?

Le chancelier confondu, ne digéra
point ce reproche; ennemi des Guises
et de leur manière de gouverner, il
mourut peu après du chagrin d'avoir
partagé leurs torts. Le cardinal de Lorraine averti qu'il était très-mal, vint le
voir; Olivier las de feindre se retourna
vers le mur, et ne daigna pas même lui
dire une parole.

Cependant la présence d'esprit et la
fermeté du baron fixèrent tous les re-

gards sur lui, et lui attirèrent des par-
tisans. Au-lieu de prononcer son arrêt,
le duc le renvoya dans sa prison, mais
sans s'expliquer, sans que son ami
même, le comte de Sancerre, pût entrevoir ses résolutions.

Monsieur de Guise soupçonnait le
baron instruit de ses vues sur Juliette,
il voyait bien que c'était par prudence
que Castelnau n'avait rien révélé sur
cela.... Que la crainte d'entraîner avec
lui sa malheureuse fille, l'avait déterminé à ne point parler de l'intérêt per-
sonnel que le duc avait à le condamner,
si Juliette en cédant, ne rachetait les
jours de son malheureux père.

Mais cet adroit ministre déguisa sa
façon de penser; il se contenta d'interdire
sévèrement à Raunai et à Juliette la présence du baron de Castelnau.

Ce fut alors que Raunai se remontra.
Il dit au duc qu'il se rendait à ses ordres, que l'interrogatoire de monsieur
de Castelnau étant fait, et que le
ministre lui ayant dit de reparaître à
cette époque, il venait lui demander

instamment la liberté d'un homme....
de l'innocence duquel on avait dû se
convaincre.... là permission de prendre
sa place en prison, et à l'échafaud s'il
n'éclaircissait sur-le-champ ce que paraissait desirer la cour.... c'est-à-dire à
l'instant où le baron et sa fille auraient
sans nuls dangers quitté le séjour d'Amboise. — Si vous aviez pu vous concerter
avec Castelnau, dit le duc, assurément
il aurait parlé d'une autre manière ;
nous n'avons point encore vu de protestant plus entêté de son erreur ; n'importe, Raunai, j'accepte vos offres ; mais
il faut que ce que vous avez à me dire
soit révélé devant Juliette et le baron ;
ce sont mes ordres, et je ne m'en départi-
rai point ; songez à votre parole pourtant,
c'est sur votre tête que va s'appesantir la
hache levée sur celle de Castelnau, si
vous ne découvrez vos complices et vos
chefs. Ma promesse est inviolable, monsieur, répondit Raunai, mais à quoi sert
que Juliette se trouve à cet entretien,
et qu'espérez-vous que je vous dise devant elle et son père, puisque je ne

m'engage à parler que lorsque l'un et l'autre seront hors de ces murs? Soit, répondit monsieur de Guise, mais il faut avant que je vous entretienne devant eux. — Juliette chez vous.... elle.... qui me répond?.... dans cette circonstance.... des fers à Juliette.... la seule idée m'en fait frémir! — Ai-je besoin de vous pour l'en accabler? je n'ai qu'un ordre à donner pour en devenir maître. — Oui, vous pouvez tout, homme cruel; eh bien! j'obéirai, Juliette sera demain ici, mais si vous abusez de ma confiance, si vous avez l'infamie d'employer ma main pour vous assurer la victime, non-seulement vous n'apprendrez rien de ce que vous désirez savoir, mais nous nous immolerons plutôt tous deux près de vous, que de devenir l'un et l'autre la proie de votre insigne lâcheté. Homme trop favorisé de la fortune, vous ne savez pas ce que le malheur inspire à deux cœurs courageux, ce qu'il suggerre, ce qu'il fait entreprendre; vous ignorez quelle est l'énergie que le désespoir prête à l'âme, sauvez-nous de l'horreur de vous en convaincre, il n'y aurait ni fers ni supplices qui pussent vous préserver de notre fureur. — Toujours dur et toujours défiant, Raunai, dit le duc.... Sortez, souvenez-vous de mes ordres; souvenez-vous que votre mort est sûre, si vous échappez l'un ou l'autre d'Amboise avant que je ne vous parle. — Adieu.

Le premier soin de Raunai fut de rendre à Juliette tout ce qui venait de se passer; il ne déguisa point ses craintes, l'impossibilité qu'il y avait de démêler dans les regards du duc quels pouvaient être ses projets. O Juliette, dit Raunai dans la plus extrême agitation, si ce barbare allait nous sacrifier l'un et l'autre! Si nous avions nous-mêmes aiguisé le fer dont il va trancher le fil de nos jours, sans réussir à sauver Castelnau? Ne crains rien, dit fermement Juliette; obéissons et remettons-nous au ciel du soin de nous préserver....Il le fera, il n'abandonne jamais ni le malheur, ni la vertu; Raunai.... fut-il entouré de tous ses gardes, il ne m'échappera pas, s'il veut nous trahir.

L'heure est venue.... nos deux amans s'embrassent; ils prennent le ciel à témoin de leur infortune, de leur tendresse.... ils l'implorent, ils se jurent de périr ensemble, s'ils sont contraints de céder à la force et se préparent à se rendre chez monsieur de Guise. Juliette aurait bien voulu voir avant le comte de Sancerre, il n'avait point paru chez lui du jour.... cette circonstance.... celle du bruit entendu dans le jardin.... tout cela la troublait, mais elle n'osait témoigner son embarras; elle sentait le besoin d'inspirer de la confiance à Raunai, et paraissait encore plus courageuse que lui.

Dans le trajet de la maison du comte à celle du ministre, il leur fut impossible de ne pas s'appercevoir que des soldats les suivaient et ne les perdaient point de vue. O mon ami, dit Juliette à Raunai, en se précipitant dans ses bras un moment avant que d'entrer, sois sûr que quelques puissent être les

événemens, je ne te survivrai pas d'une
minute.

Ils pénétrent, le duc est seul; mais
des gardes restent en dehors. Raunai,
dit monsieur de Guise, j'ai imaginé que
la présence de celle que vous aimez
ferait plus d'effet sur vous que des tourmens, et que la crainte de l'en voir ac-
cablée elle-même, suffirait à vous faire
avouer ce que vous prétendez savoir. —
Ainsi donc, répondit Raunai, vous abusez de la confiance que vous avez cher-
ché à m'inspirer, et ce que vous avez
exigé de moi, n'est que pour me trahir plus sûrement ? Ignorez-vous les conditions auxquelles j'ai consenti de vous
instruire ? Avez-vous oublié que la liberté du baron en est la clause essentielle ? — Je n'imaginais pas qu'on dût
composer dans les fers. Y sommes
nous monsieur, dit Juliette avec fermeté ? Et seriez-vous assez lâche pour
nous obliger à le craindre ? Votre
sort dépend de Raunai, madame, dit
le duc.... qu'il parle, ou dans l'instant
le cachot du baron va se fermer sur

vous. Elle prisonnière, dit Raunai au désespoir.... gardez-vous monsieur.... ah! vous avez bien raison, cette menace est plus cruelle que des tourmens... Eh bien! apprenez.... Tais-toi, interrompt Juliette, ne vois-tu pas que c'est un piége; l'âme des traîtres éclate sur leur figure.... elle les décèle. Raunai, reprît le duc, vous m'en avez imposé, je sais tout; vous n'avez rien à me dire; votre seule intention était de sauver Castelnau; lui libre, et vous dans sa prison, cette femme, que mon seul tort est d'avoir adoré.... d'idolâtrer peut-être encore.... cette femme dis-je, s'attachait à mes pas, et ne les quittait plus qu'elle n'eût son amant ou ma vie.... Ai-je tort Juliette? — Il n'est pas vrai que ce brave jeune homme ne puisse vous rien apprendre, monsieur; mais il est certain, dit-elle en faisant étinceller son poignard aux yeux du duc de Guise, il est certain que voilà l'arme qui nous vengeait tous deux, ordonnez son supplice ou mes fers, et vous allez connaître Juliette. Il est donc tems,
dit

dit le duc, sans jamais quitter le flegme le plus entier, il est donc temps que je punisse l'insolent subterfuge de cet imposteur, ainsi que vos dédains, madame; paraissez Castelnau, venez voir les tourmens que je destine à ceux qui vous sont chers.... Quel étonnement pour Juliette et Raunai de voir le baron dégagé de ses chaînes! — Mon ami, mon vieux camarade, lui dit le duc de Guise, que je joigne au plaisir de vous rendre l'honneur et la vie, celui de remettre en vos mains et votre gendre et votre fille. Vivez Castelnau, voilà Juliette... et vous, madame, voilà votre amant, je veux qu'il soit votre époux demain. Juliette..., Castelnau... Raunai, vous ne soupçonnerez plus au moins les vertus impossibles dans l'âme de ceux qui professent ce culte que vous abhorrez! — O grand homme! Monsieur le duc, dit Raunai, dans le délire du bonheur, jamais la France n'aura de serviteurs qui nous vaillent. — Le duc: Raunai, serai-je votre ami? — Raunai: Ah! mon libérateur. — Le duc: Votre ami Raunai, votre ami, et

Tome I.   E

c'est à ce seul titre que je vous conjure
d'abandonner des erreurs, dont votre
âme sera la triste victime. Raunai, dit
impétueusement Castelnau, offre ton
sang à notre libérateur.... le mien... celui de ton épouse; mais ne trahis jamais
ta conscience; ne sacrifie point par un
désaveu humiliant, dont ton âme serait
loin, le bonheur éternel qui t'attend au
sein de notre religion pure. Allez mes
amis, dit le duc; vous presser davantage
serait perdre le fruit de l'action que
vient de me dicter mon cœur. Jouissez
de votre grâce et de ma protection,
Dieu seul jugera nos âmes. Ah! monsieur le duc, s'écria Castelnau, en se
retirant avec sa fille et son gendre, que
cette tolérance précieuse vous éclaire
jusqu'à votre dernier soupir, et notre malheureux pays ne verra plus
son sein inondé du sang de ses enfans;
ce sang qui n'est dû qu'à la patrie, ne
se répandra plus que pour elle, et bientôt la maîtresse du monde, elle verra
tomber l'univers à ses pieds.

Le comte de Sancerre ne laissa point

ignorer à la cour, la grande action du
duc de Guise. Les deux reines voulurent
embrasser Juliette et Raunai. Ce fut là,
qu'on leur permit d'aller jouir en repos,
dans leur province de la liberté qu'on
leur laissait sous le serment de ne jamais porter les armes contre l'état. Les
reines accablèrent Juliette de présens.
Anne d'Est même qui n'avait appris une
partie des torts de son époux, qu'avec
leur sublime réparation, voulut voir sa
rivale; elle la pria en l'embrassant, d'accepter son portrait. Je vous le donne,
lui dit cette princesse, afin qu'il ajoute
à votre triomphe.... afin qu'en vous
comparant à lui, vous vous rappelliez
chaque jour, combien devait être effrayée celle à qui la noblesse de votre
âme rend le bonheur et la tranquillité
et qui vous demande à tant de titres,
d'être éternellement votre amie.

Ce grand trait de la générosité
du duc de Guise ne calma pourtant
point les troubles. Nous laissons à l'histoire le soin de les apprendre, et nous
nous bornons à remener dans leur pro-

vince, Castelnau, Raunai et Juliette, où la prospérité, l'union la plus intime, les plus longs jours, et les plus beaux enfans, leur composèrent un bonheur solide.... digne récompense de leurs vertus....

O vous qui tenez dans vos mains le sort de vos compatriotes, puissent de tels exemples vous convaincre que voilà les vrais ressorts avec lesquels on meut toutes les âmes! les chaînes, les délations, les mensonges, les trahisons, les échafauds, font des esclaves, et produisent des crimes; ce n'est qu'à la tolérance qu'il appartient d'éclairer et de conquérir des cœurs; elle seule en offrant des vertus, les inspire et les fait adorer.

Nota. Une exactitude trop scrupuleuse à suivre l'histoire n'eut jeté aucune sorte d'intérêt dans cette nouvelle; il a fallu s'en écarter pour ôter à ce récit appartenant plus au roman qu'à la vérité, l'air de massacre et de boucherie qu'il y a dans nos historiens. Nous avons donc créé les personnages de Juliette de Castelnau et de Raunai, ainsi que le trait

du duc de Guise. Raunai et Castelnau existent
pourtant dans l'histoire ; tous deux périrent
sur les échafauds d'Amboise, et n'agirent point
comme nous les présentons, à l'exception
néanmoins de Castelnau dont l'interrogatoire
ici ressemble assez à celui de l'histoire. On a
fort peu parlé du prince de Condé, parce
qu'il agit peu dans Amboise, il y est ou trop
grand, ou absolument inactif ; comme trop
grand il eut écrasé Castelnau et Raunai sur
lesquels nous voulions répandre l'intérêt ;
comme inactif, il n'eut que du froid dans
une anecdote ...... la plus ingrate de nos
annales, pour en sortir, une action nerveusé
et dramatique, comme doit l'être celle d'une
nouvelle historique.

E 3

LA
DOUBLE EPREUVE.

Il y a long-temps que l'on a dit que la chose du monde la plus inutile, était d'éprouver une femme ; les moyens de la faire succomber sont si connus, leur faiblesse si sûre, que les tentatives deviennent absolument superflues. Les femmes, ainsi que les villes de guerre, ont toutes un côté hors de défense ; il ne s'agit que de le chercher. Est-il découvert, la place est bientôt rendue ; cet art ainsi que tous les autres, a des principes, desquels on peut déduire quelques règles particulières, en raison des différens physiques qui caractérisent les femmes qu'on attaque.

Il y a cependant quelques exceptions à ces règles générales, et c'est pour les prouver qu'on écrit cette histoire.

E 4

Le duc de Ceilcour, âgé de trente ans, plein d'esprit, d'une figure charmante, et ce qui vaut mieux que tous ces avantages, parce que celui-là fait valoir tous les autres, possédant huit cents mille livres de rente qu'il dépensait avec un goût et une magnificence dont il n'était aucun exemple, avait, depuis cinq ans qu'il jouissait de cette prodigieuse fortune, mis sur sa liste au moins trente des plus jolies femmes de Paris, et comme il commençait à se lasser, avant que d'être tout-à-fait insensible, Ceilcour voulut se marier.

Peu satisfait des femmes qu'il avait connues, n'ayant rencontré dans toutes que de l'art au-lieu de franchise, de l'étourderie au-lieu de raison, de l'égoïsme au-lieu d'humanité, et du jargon au-lieu de bon sens.... les ayant toutes vu se rendre aux seuls motifs de l'intérêt ou du plaisir, n'ayant trouvé dans leur possession que de la pudeur sans vertu, ou du libertinage sans volupté, Ceilcour devint difficile, et pour ne se point tromper dans une affaire d'où dépendait le

repos et le bonheur de sa vie, il se résolut
de mettre en usage à-la-fois et tout ce
qui pouvait séduire et tout ce qui, sa
victoire assurée, pouvait, en détruisant
l'illusion à laquelle il la devait peut-être,
le convaincre de ce qui réellement lui
avait valu sa conquête. Cette sorte de
manœuvre était sûre pour le conduire à
une appréciation raisonnable; mais que
de dangers l'entouraient; y avait-il une
femme au monde qui pût résister à l'é-
preuve? et si l'ivresse des sens où Ceilcour voulait la plonger d'abord, parvenait à la lui livrer, résisterait-elle à la
chûte du prestige, aimerait-elle enfin
Ceilcour pour lui-même, ou n'aimerait-
elle en lui que son art? La ruse était bien
dangereuse; plus il le sentait, plus il était
déterminé à s'abandonner sans retour à
celle dont le désintéressement serait assez reconnu pour n'aimer de lui que lui-
même et pour mettre au néant le faste
dont il allait s'entourer dans le dessein
de la séduire.

Deux femmes fixaient alors ses regards, et ce fut à elles qu'il s'arrêta, dé-

terminé à choisir celle des deux qui lui montrerait le plus de franchise, et surtout de désintéressement.

L'une de ces femmes se nommait la baronne Dolsé ; elle était veuve depuis deux ans d'un vieux mari qui l'avait épousée à seize, et ne l'avait gardée que dix-huit mois, sans en obtenir d'héritier.

Dolsé avait une de ces figures célestes dont l'Albane caractérisait ses anges. Elle était grande.... fort mince.... un peu de flottement et de nonchalance dans la tournure.... Cette espèce d'abandon dans les manières annonçant presque toujours une femme ardente, qui plus occupée de sentir que de paraître, ne semble ignorer qu'elle est belle, que pour le prouver plus sûrement. Un caractère doux, une âme tendre, un esprit un peu romanesque, achevaient de rendre cette femme la créature la plus séduisante qu'il y eût pour lors à Paris.

L'autre, la comtesse de Nelmours, également veuve, et âgée de vingt-six ans, avait un genre de beauté qui n'était pas le même; une physionomie marquée, des traits un peu à la romaine, de très-beaux yeux, une taille haute et remplie, plus de majesté que de gentillesse, moins d'agrémens que de prétentions, un caractère exigeant et impérieux, un penchant excessif au plaisir, beaucoup d'esprit, un assez mauvais cœur, de l'élégance, de la coquetterie, et par devers elle, deux ou trois aventures, pas assez décidées pour ternir sa réputation, mais trop publiques néanmoins pour ne pas la faire accuser d'imprudence.

En n'écoutant que sa vanité ou son intérêt, Ceilcour n'eut point balancé. La possession d'aucune femme à Paris n'était flatteuse comme celle de madame de Nelmours. L'entraîner à un second hymen, était une espèce de victoire à laquelle personne n'osait prétendre; mais le cœur n'écoute pas toujours cette foule de considérations, dont l'amour-propre se nourrit; il les laisse observer à l'orgueil, et se décide sans le consulter.

C'était l'histoire de monsieur de Ceilcour. Quoiqu'il se sentît un goût assez

E 6

vif pour madame de Nelmours, éclairant
le sentiment qu'il éprouvait, il y recon-
naissait plus d'ambition que de délicatesse, et beaucoup moins d'amour que de
prétention.

Examinait-il au contraire l'impulsion
qui l'entraînait vers l'intéressante Dolsé,
il n'y trouvait qu'une tendresse pure,
dégagée de tout autre motif. Peut-être,
en un mot aurait-il desiré qu'on le crût
l'amant de Nelmours; mais ce n'était
que de Dolsé dont il voulait devenir
l'époux.

Cependant, déjà beaucoup trop trompé à l'extérieur des femmes, malheureusement bien sûr qu'on ne les connaît
guères mieux en les ayant, se défiant de
ses yeux, n'en croyant plus son cœur,
ne s'en rapportant qu'à sa tête, le duc
voulut sonder le caractère de ces deux
femmes, et ne se décider, comme nous
l'avons dit, que pour celle dont il lui
deviendrait impossible de douter.

En conséquence de ces projets, Ceilcour se déclara premièrement à Dolsé;
il la voyait souvent chez une femme où

elle soupait trois fois la semaine ; cette jeune veuve l'écouta d'abord avec surprise, et bientôt avec intérêt ; indépendamment de ses richesses... titre futile aux yeux d'une femme comme la baronne, Ceilcour avait tant d'agrémens et de gentillesse dans l'esprit, une figure si délicieuse, des graces si touchantes.... tant de séduction dans les maniéres, qu'il était bien difficile qu'une femme pût lui résister long-temps.

En vérité, disait madame de Dolsé à son amant, il faut que je sois bien faible ou bien folle pour avoir pu croire que l'être le plus fêté de Paris, ait pu se fixer prés de moi ; c'est un petit moment d'orgueil dont il faudra que je sois bientôt punie ; mais si cela est, dites-le moi ; il y aurait une injustice affreuse à tromper la femme la plus franche que vous ayiez trouvé de votre vie. — Moi vous tromper ! belle Dolsé.... avez-vous pu le croire ? Qu'il serait méprisable celui qui l'essaierait avec vous ; la fausseté se conçoit-elle auprès de la candeur ?... Le crime peut-il naître aux pieds de la vertu ? Ah ! Dolsé,

croyez aux sentimens que je vous jure,
animés par ces regards charmans où j'en
puise l'ardeur, peuvent-ils avoir d'autres
bornes que ma vie? — Ces propos sont
ceux que vous tenez à toutes les femmes;
croyez-vous que je n'en connaisse pas le
jargon? il s'agit bien de dire ce qu'on
pense avec elles; le sentiment et l'art de
séduire sont deux choses bien différentes; et à quoi bon les frais du premier,
quand vous réussissez par le second? —
Non, Dolsé, non, vous ne devez pas savoir comme on trompe, il est impossible
que jamais on vous l'ait appris; l'amant
assez froid pour mettre en système l'art
de séduire, n'oserait tomber à vos genoux; un rayon de vos yeux enchanteurs
en détruisant ses projets de victoire, n'en
ferait incessamment qu'un esclave, et le
dieu qu'il aurait bravé, l'enchaînerait
bientôt à son culte. Un son de voix si
flatteur, tant d'élégance dans la parure,
tant de moyens de plaire en un mot,
soutenaient si bien ces discours, les ani-
maient tellement, leur prêtaient une si
vive énergie, que l'âme sensible de la

petite Dolsé n'appartint bientôt plus qu'à Ceilcour. Dès que le frippon la sut là, il attaqua promptement la comtesse de Nelmours

Une femme aussi consommée, aussi remplie d'art et d'orgueil, exigeait des soins d'un autre genre. Ceilcour, dont le dessein d'ailleurs était de les éprouver toutes deux, ne se sentant pas pour celle-ci un penchant aussi décidé que pour l'autre, avait un peu plus de peine à lui parler le langage de l'amour. Ce qui n'est dicté que par l'esprit, peut-il avoir la même chaleur que ce qui n'est inspiré que par l'âme ?

Quelque fût néanmoins la différence des sentimens de Ceilcour pour l'une et l'autre de ces femmes, ce n'était qu'à celle qui résisterait à l'épreuve méditée, qu'il était résolu de se rendre. Nelmours y résisterait-elle ? Eh bien ! elle avait assez de charmes pour le consoler de sa rivale, et dès qu'elle aurait eu plus de sagesse, elle deviendrait bientôt la plus chérie.

Mais que devenez-vous donc, madame, dit un soir Ceilcour à celle-ci ? Je crois que vous vous avisez de vivre dans la retraite; il n'était pas autrefois une promenade..... pas un spectacle que vous n'embellissiez; on y volait pour vous y voir; les quittiez-vous, tout devenait désert.... Et pourquoi donc s'isoler ainsi? Est-ce misanthropie, est-ce arrangement? — Arrangement, j'aime le mot; et avec qui, s'il vous plaît, prétendez-vous que je m'arrange? — Je l'ignore; mais je connais bien celui qui voudroit s'arranger avec vous. — Ne me le nommez pas, je vous prie; j'ai tous les arrangemens dans une haine..... — Qui n'est pas irréconciliable? — Mais je crois que vous me prenez pour une coquette? — Est-ce le nom qui convient à la femme la plus délicieuse dont l'existence puisse se concevoir? Si cela est, je vous le donne.... Et la comtesse jetant sur le duc de Ceilcour des regards tendres, qu'elle en éloignait aussi-tôt.... En vérité, répondit-elle, vous êtes l'homme le plus dangereux que je connaisse; je m'étais promis cent fois de ne jamais vous voir et.... — Eh bien! est-ce le cœur qui dé-

truit les projets de la raison? — Non,
rien de tout cela; je conçois des projets
sages, et puis mon inconséquence les trouble; voilà tout ce que c'est; analysez cela
comme bon vous semblera, et sur-tout
n'y voyez rien en votre faveur. — En
songeant à me le défendre, vous avez
donc cru qu'il était possible qu'il y eût
là quelque chose pour mon orgueil? —
Ne connais-je pas les gens à prétention
comme vous; la certitude où ils sont de
plaire, leur fait toujours croire qu'il est
impossible qu'ils n'y réussissent; les plus
légers propos d'une femme leur paraissent des déclarations, un coup-d'œil est
une défaite, et leur vanité toujours prête
à saisir nos faiblesses, n'y voit jamais
que des triomphes. — Oh ! que je suis
loin de penser ainsi. — Mais c'est que
vous auriez grand tort. — Et comme je
ne veux pas m'en souffrir près de vous....
— Vous croyez donc que je ne vous les
pardonnerais pas? — Qui sait jusqu'où
va votre courroux?.... Je le risquerais
pourtant, si j'étais bien sûr du pardon.
— Vous mourez d'envie de me faire une

déclaration d'amour. — Moi?.... pas un
mot; je serais l'homme le plus gauche si
je voulais l'entreprendre..... En vous
voyant, je connaîtrais bien tout l'empire
de ce sentiment dont vous parlez; il m'a-
nimerait auprès de vous, il embrâserait
mes sens.... quelque envie que j'eusse de
m'en défendre.... mais s'il fallait vous
avouer tout cela, je ne trouverais jamais
d'expression, aucune ne peindrait à mon
gré ce que vous m'inspireriez si bien, et
je serais contraint à brûler sans pouvoir
jamais peindre ma flamme. — Eh bien!
ce n'est donc pas là une déclaration? —
Voulez-vous le prendre comme cela....
il est inoui alors ce que vous m'épargne-
rez de peine. — En vérité, monsieur,
vous êtes l'homme le plus insupportable
que j'aie jamais vu de mes jours. — Eh
bien ! mais voyez ce qu'est l'empire de
la reconnaissance dans une belle âme....
je cherche à vous plaire, et vous m'acca-
blez. — A me plaire? vous en êtes à cent
lieues; n'est-il pas bien plus naturel de
dire tout simplement à une femme si on
l'aime ou si on ne l'aime pas, que d'em-

ployer avec elle cet inintelligible jargon
par lequel vous cherchez à me prendre ?
— Mais à supposer que ce fût-là mon
projet, je ne vous tromperais plus dès
que je serais deviné. — C'est-à-dire qu'il
faut que ce soit moi qui vous dise si vous
m'aimez ou non ? — Il faut au moins que
vous me laissiez voir si je ne vous affli-
gerais pas trop en osant vous le dire. —
Est-ce qu'on s'afflige de ces choses-là ? —
Et vous intéresseraient-elles ? — C'est
selon. — Vous êtes encourageante. — Ne
l'ai-je pas dit, il faudra que je me mette
à ses genoux. — Ou que vous ne vous fâ-
chiez pas de me voir tomber aux vôtres....
Et Ceilcour se jetant aux pieds de sa
belle maîtresse en disant ces mots, pressait amoureusement les mains de cette
femme charmante et les accablait de
baisers. Voilà encore une bonne étourderie de ma part, dit Nelmours en se
levant..... je ne serai pas huit jours à
m'en repentir. — Ah ! ne prévoyez pas
les malheurs de l'amour avant que d'a-
voir goûté ses plaisirs. — Non, non, le
plus simple est de ne jamais cueillir de

roses quand on craint, comme moi les épines.... Adieu, Ceilcour.... Où soupez-vous ce soir ? — Le plus loin de vous que je pourrai. — Eh ! pourquoi donc? — C'est que je vous crains. — Oui, si vous m'aimiez ; mais vous venez de dire que non. — Je serais le plus malheureux des hommes si vous pensiez jamais ainsi.... Et comme à ces mots la comtesse s'élançait dans sa voiture, il fallut se séparer ; mais ce ne fut pas sans faire promettre au duc de Ceilcour de venir dîner le lendemain chez elle.

Pendant ce temps l'intéressante Dolsé, bien loin de croire son amant aux pieds d'une autre, se repaissait du bonheur d'en être aimée ; elle ne concevait pas, disait-elle à celle de ses femmes qui possédait le plus sa confiance, comment avec si peu d'attraits, elle avait pu réussir à captiver l'homme le plus aimable qu'il y eût au monde.... par où méritait-elle ses soins ?.... Comment ferait-elle pour les conserver?.... Mais si jamais le duc était volage, n'en mourrait-t-elle pas de douleur ? Rien de plus réel que

ce que disait cette charmante petite
femme, bien plus éprise qu'elle ne se le
croyait; l'inconstance reconnue de Ceilcour fut devenue sans doute le coup le
plus affreux qu'elle eût pu recevoir.

Pour la comtesse de Nelmours, point
de tragique dans ses sentimens, elle
étoit flattée d'une conquête comme celle
qu'elle venait de faire; mais elle n'en
perdait pas le repos. Ceilcour la prenait-
il à titre de maîtresse, le plaisir d'humi-
lier vingt rivales, était une jouissance
délicieuse pour son orgueil.... l'épousait-
il? il était divin de devenir la femme
d'un homme qui possédait huit-cents
mille livres de rentes; ainsi l'intérêt ou
la vanité dans elle, faisait tous les frais
de l'amour; mais malgré cela ses projets de résistance n'en étaient pas moins
combinés, si le duc n'en voulait faire
qu'une maîtresse, il était essentiel de le
faire languir; plus il chercherait à se
rendre digne de lui plaire, plus tous les
yeux se fixeraient sur elle. En se ren-
dant tout de suite, ce pouvait être l'affaire de deux jours, et au lieu d'un

triomphe, elle ne trouverait que de l'humiliation. De quelle plus grande importance ne devenait-il pas encore de se bien défendre dans la supposition que Ceilcour eut le mariage pour but; ne renoncerait-il pas à ce projet, s'il obtenait des mains de l'amour, ce qu'il ne desirait tenir que de l'hymen? Il fallait donc le démêler, le retenir.....le modérer, s'il s'enflammait par trop....le ranimer s'il s'échappait.... Ainsi la ruse, la coquetterie, l'art et la fausseté devaient être les armes dont il fallait qu'elle se servît, pendant que la tendre Dolsé, toute livrée à sa candeur, n'allait montrer que de la vérité...... de l'innocence et de la tendresse; mais la comtesse était seule, en formant tous ces projets : nous allons bientôt voir, si ce qu'une femme comme elle, résout dans le silence des passions, s'exécute de même quand on les enflamme.

Telle était la situation des choses, quand le duc décidé à la première partie de son épreuve, se détermine à débuter par la baronne. On était alors au

mois de juin, époque où la nature se
développe avec tant de magnificence.
Ceilcour invite la baronne à venir passer deux jours dans une terre superbe
qu'il avait aux environs de Paris, où
son intention était de la séduire par
tout ce qu'il pourrait inventer de plus
élégant, et de connaître assez son âme
dans cette première aventure pour pouvoir deviner d'avance quel seroit l'effet
de l'épreuve qu'il tenterait ensuite au
dénouement.

Ceilcour le plus galant, le plus magnifique des hommes, et l'un des plus
riches, n'épargna rien pour rendre la
fête qu'il destinait à Dolsé, aussi agréable que magnifique ; la comtesse, qui
ne devait pas être du voyage, en ignora
jusqu'au projet, et le duc avait eu soin
de ne composer le fond de la société
qu'il destinait à la baronne, que de
femmes tellement au-dessous d'elle,
qu'aucune ne fût surprise de l'encens
qu'il allait offrir à ses pieds ; quant aux
hommes, le duc en était sûr.... Tout

allait donc fléchir devant l'idole , sans qu'il en résultât rien qui pût alarmer l'amant , ni rien qui dût éclipser la maîtresse.

Dolsé se nommait Irène : un bouquet offert à cette aimable veuve le jour de sa fête , était le prétexte du divertissement préparé.

Elle arrive : à une lieue du château on quittait la route pour entrer dans les avenues. Un char de nacre, formant une espèce de trône recouvert d'un pavillon verd et or , attelé de six cerfs ornés de fleurs et de rubans, conduit par un jeune garçon représentant l'amour, attendait la baronne au bord du chemin; elle est enlevée de sa voiture, et portée sur ce trône par douze jeunes filles sous l'emblême des jeux et des ris ; cinquante chevaliers armés à l'antique escortent le char, la lance en arrêt, et tout arrive en fendant les airs.

A peine dans les cours du château, une grande femme habillée comme dans les temps de la chevalerie, escortée de douze

douze pucelles (1) et précédée de Ceilcour, vient recevoir la baronne au sortir de son char, et l'accompagne jusqu'au bas du perron. Notre héros vêtu en chevalier, plus beau que Mars sous cet accoutrement, et qu'on eût pris pour le brave Lancelot du lac, cette étoile de la table ronde, fléchit un genou devant la baronne, dès qu'il la voit entrer, et l'introduit dans les appartemens.

Là, tout est préparé pour un de ces festins qu'on nommait autrefois *cour plénière*, les salles étaient remplies de tables diversement arrangées. Aussitôt que Dolsé paraît, les fanfares se font entendre, les haut-bois, les flûtes, les ménétriers commencent des aubades; les jongleurs viennent faire mille tours charmans, et les troubadours chantent de toutes parts les louanges

_____

(1) Ainsi se nommaient les filles attachées aux Grands; les filles d'honneur les représentèrent jusqu'au règne de Louis XIV; mais ce monarque ayant fort abusé de ces espèces de sérails, les reines obtinrent qu'il n'y aurait plus de *pucelles* à la cour.

Tome I.   F

de l'héroïne célébrée. Elle pénètre
enfin avec son chevalier dans une
dernière salle où l'attendait le repas le
plus délicieux, servi sur une table fort
basse entourée de lits de repos. Les
pucelles présentent à laver dans des ai-
guières d'or, contenant les plus doux
parfums, et leurs beaux cheveux traînans
servent à s'essuyer. (1) Alors chaque
chevalier prend une dame pour manger à sa même assiette, (2) et comme
l'on imagine aisément, Ceilcour et Dolsé
se trouvent bientôt ensemble. Au dessert
les troubadours reparaissent et viennent
encore amuser la baronne par des cou-
plets et des impromptus.

Le repas fini, on passe dans une lice
préparée : c'est une plaine immense, de
laquelle des pavillons superbes ornent
le lointain; mais la partie destinée aux
combats est environnée d'amphithéâtres
recouverts de tapis verts et or. Les hé-
raults d'armes parcourent la carrière,
en annonçant un tournois où *sera fait*

---

(1) (2) C'était l'usage. Voyez les romans de
chevalerie.

prouesse. Les juges du camp viennent visiter la lice. Rien n'égale la beauté de ces préparatifs , et principalement du coup-d'œil ; d'une part on voit des trophées, qu'on peut à peine fixer par l'éclat des rayons du soleil qu'ils réfléchissent de tous côtés. Ailleurs, des chevaliers qui s'arment, qui s'essayent : un peuple innombrable, et pendant que les yeux émerveillés, ne savent où se porter de préférence, l'air retentit au loin de la multitude d'instrumens dispersés dans chaque coin de la plaine, auquel se joint le bruit confus des applaudissemens et des acclamations.

Cependant les femmes garnissent les gradins ; la baronne donne le signal, et des joutes *à la foule* (1) commencent le tournoi. Cent chevaliers verts et or sont les tenans, ils portent les couleurs de la baronne ; un égal nombre rouge et azur, sont les assaillans ; ceux-ci partent avec impétuosité, on dirait que

_____

(1) Expression consacrée, c'est à dire que tous joûtaient ensemble.

F 2

leurs coursiers ne trouvant pas la terre
assez prompte pour les porter à l'ennemi, viennent de s'élancer dans les
airs. Ils fondent sur les tenans.... les ca-
valiers se mêlent, les chevaux hennis-
sent.... les armes se brisent, les uns
terrassent leurs ennemis, d'autres mêlés
dans la poussière, ne se distinguent plus
que par les efforts qu'ils font pour s'empêcher d'être accablés. A ce désordre effrayant, se mêlent le bruit des tambours,
les cris de l'assemblée ; tous les guerriers
des quatre coins du monde semblent
s'être réunis dans cette plaine pour s'immortaliser sous les yeux attentifs de Bellone et de Mars.

Ce combat dont les verts sont sortis
victorieux cesse pour faire place aux
joûtes réglées.

Des chevaliers de toutes couleurs,
chacun conduit par sa dame, tenant en
lesse avec des nœuds de fleurs le coursier
de son amant, s'avancent les uns contre
les autres, et combattent ainsi quelques
heures. Un héros se présente à la fin, il est
vêtu de vert, il défie tout ce qui paraît

dans la lice.... il annonce fièrement que
rien n'égale la beauté de Dolsé; on le lui
dispute, et plus de vingt guerriers ter-
rassés par lui sont obligés d'aller s'avouer
vaincus aux pieds de l'héroïne de Ceilcour, qui leur impose à tous différentes
conditions remplies dès l'instant par eux.

Cette première partie du spectacle
ayant occupé tout le jour; madame de
Dolsé qui n'avait pas encore eu le temps
de se reconnaître, est conduite dans son
appartement où Ceilcour lui demande
permission de venir la reprendre dans
une heure, pour lui faire voir ses jardins
pendant la nuit; cette proposition alarme
un instant la naïve Dolsé.... Oh! ciel,
lui dit Ceilcour, ne connaissez-vous donc
pas les loix de la chevalerie; une dame
est dans nos châteaux en sûreté comme
dans son propre *hôtel;* l'honneur, l'a-
mour et la décence, voilà nos loix, voilà
nos vertus; plus la beauté que nous ser-
vons nous enflamme, plus le respect
nous enchaîne à ses pieds. Dolsé sou-
riant à Ceilcour, promet donc de l'accom-
pagner partout où il aura dessein de la

conduire, et chacun va se préparer au
second acte de cette agréable fête.

A dix heures du soir, Ceilcour vient
chercher l'objet de ses soins; les coquil-
lages de feu qui éclairaient la route que
l'on devait suivre, formaient par différens cordons de lumière les deux noms
enlacés de l'amant et de la maîtresse au
milieu des attributs de l'amour. Ce fut
ainsi que l'on arriva à la salle du spectacle français où les principaux acteurs
de ce théâtre représentèrent le *Séduc-
teur* et *Zénéïde*; au sortir de la comédie
on passa vers une autre partie du parc.

Là se trouve une salle de festin délicieuse, dont le dedans n'est décoré que
de guirlandes de fleurs naturelles, entre-
lacées d'un million de bougies.

Pendant le repas, un guerrier monté
et armé de toutes pièces paraît, et vient
défier un des chevaliers qui se trouve à
table; celui-ci se lève, on le revêt de
ses armes, les deux combattans montent
sur une esplanade en face de la table
du souper, et donnent aux dames le
plaisir de les voir se battre de trois diffé-

rentes manières ; cela fait, on apperçoit
revenir en foule les jongleurs, les troubadours, les ménétriers, et chacun dans
son art amuse le cercle jusqu'à la fin du
repas ; mais tout se rapporte à Dolsé ;
pantomime, vers, musique, tout la
chante, tout la célèbre, tout est ana-
logue à ses goûts, il n'est absolument
question que d'elle. Loin d'être insensible à tant de délicatesse, ses yeux remplis d'amour et de reconnaissance peignent à son chevalier les sentimens dont
elle est agitée.... Beau sire, lui dit-
elle naïvement, en vérité si nous étions
encore dans ces temps si renommés,
je crois que vous m'auriez choisi pour
votre dame...Ange céleste, lui répondait
tout bas Ceilcour, en quelque temps
que nous eussions vécu, nous étions destinés l'un pour l'autre ; laissez-moi jouir
du charme de le croire, en attendant
celui de vous en convaincre.

Après le souper on passa dans une
salle différente ; et celle-ci ornée sans
art, offre au naturel les diverses déco-
rations nécessaires à deux charmans

opéra de Monvel, que l'élite des comédiens italiens y exécute sous les yeux mêmes de l'aimable auteur de ces deux pièces, qui, plus honnête encore dans la société, qu'il n'est délicieux dans ces naïfs et charmans ouvrages, avait bien voulu se charger des desseins et de l'exécution de cette fête brillante.

L'aurore vient éclairer le dénouement de la seconde pièce, et l'on rentre au château.

Madame, dit Ceilcour à la baronne, en la ramenant chez elle ; pardon si je ne peux vous accorder que très-peu d'heures de sommeil ; mais les chevaliers de cette fête, qui ne sont animés que par vos yeux, qui ne combattent avec ardeur que quand ils ont mérité vos éloges, ne veulent point entreprendre demain la conquête importante de la tour aux géans, qu'ils ne soient sûrs de votre présence... leur refuseriez-vous cette faveur ? Plus instruit qu'eux, de ce qui doit terminer cette singulière aventure, je ne dois pas même vous laisser ignorer que cette présence toujours si désirée partout devient ici très-essentielle; le chevalier aux armes noires, géant furieux de cette tour, qui nous désole lui et les siens depuis bien des années.... qui quelquefois vient faire des courses jusqu'aux portes mêmes de mon château; ce chevalier dangereux enfin, obligé de céder à l'ascendant de son étoile, perdra la moitié de ses forces sitôt qu'il aura vu vos charmes; paraissez-donc belle Dolsé, et que ce qui vous entoure puisse dire avec moi, qu'en fixant à jamais l'amour et le plaisir dans nos heureux climats, vous y avez en même temps ramené le calme et la tranquillité.

Je vous suivrai toujours, chevalier, dit la baronne, et puisse ce calme dont vous croyez que je dispose, se trouver plus sûrement dans tous les cœurs qu'il ne règne à présent dans le mien. Deux grands yeux bleus pleins de flamme se fixent, en disant ces mots, sur ceux de Ceilcour, et portent au fond de son cœur des traits divins qui ne s'éteignirent jamais.

Madame de Dolsé se coucha dans une grande agitation; tant de délicatesse, de soins, de galanterie, de la part d'un homme qu'elle idolâtrait, achevaient de plonger ses sens dans une sorte de délire, qu'elle n'avait jamais éprouvé; et comme après des choses aussi éclatantes, il lui paraissait impossible que celui qui l'occupait uniquement ne brûlât pas du même sentiment, elle se livra sans défense à une passion qui ne paraissait plus lui offrir que des délices, et qui lui préparait pourtant bien des maux.

Pour Ceilcour, ferme dans son projet d'épreuve, quelque profondeur qu'eût la plaie que venaient d'ouvrir les tendres regards d'une aussi jolie femme, il résista et se promit plus fermement que jamais de ne se rendre qu'à la plus digne de l'enchaîner éternellement.

Dès neuf heures du matin, les clairons, les cimballes, les cors, les trompettes, appellent les chevaliers aux armes et réveillent la baronne..... trop émue pour avoir passé une bonne nuit, elle est bientôt préparée au départ; elle descend, Ceilcour l'attendait; cinquante chevaliers verts armés de toutes pièces,

prennent aussitôt les devants; la baronne
et Ceilcour suivent dans une calèche
de même couleur, traînée par douze petits chevaux sardes également peints en
vert, revêtus de harnois de velours piqué d'or. A peine a-t-on atteint la forêt
où le chevalier aux armes noires faisait
sa résidence à près de cinq lieues du
château de Ceilcour, que l'on voit six
géans armés de massues, montés sur des
chevaux énormes, abattant à leurs pieds
les quatre chevaliers qui galopaient à
l'avant-garde.

Tout s'arrête : Ceilcour et sa dame
s'avancent à la tête du détachement, et
delà part un hérault d'armes avec l'ordre
de demander au géant de la tour noire,
l'un de ceux qui venaient de paraître,
s'il sera assez incivil pour refuser l'entrée
de ses états à la dame du soleil, venant
lui demander à dîner avec le chevalier
aux armes vertes, qui a l'honneur de la
servir.

Le hérault s'avance : le chevalier noir
s'approche également de la lisière du
bois; sa taille, sa massue, son cheval,

F 6

sa figure, ses gestes... tout en impose, tout
est effrayant ; l'entrevue se passe aux
yeux de l'un et l'autre parti, et le hérault
revient dire que rien ne peut fléchir *Cat-*
chukricacambos. Les traits lumineux
de la dame du soleil, avait-il dit, ont déjà
ravi la moitié de ma puissance, je l'é-
prouve, rien ne résiste au pouvoir de
ses yeux ; mais ce qui reste de ma liberté
m'est trop cher pour consentir à le perdre, sans le défendre ; courez-donc dire
à cette dame, avait ajouté le géant,
qu'elle n'aura rien de moi qu'elle ne
l'obtienne par la force, et assurez-là que
je combattrai avec autant d'ardeur les
guerriers qui l'accompagnent, que j'évi-
terai des regards.... dont il ne faudrait
qu'un rayon pour m'enchaîner à ses
genoux.

Au combat.... au combat, mes amis,
s'écrie Ceilcour, en s'élançant sur un cheval superbe ; et vous, madame, suivez-
nous de près, puisque vos yeux doivent
nous assurer la victoire ; avec un ennemi
aussi puissant que celui que nous allons
combattre, il est bon d'employer à-la-
fois et la force et la ruse.

On avance; les géans se multiplient;
on en voit sortir de tous les coins de la
forêt; les chevaliers verts se divisent pour
être en état de faire face à tout; ils pres-
sent les flancs de leurs coursiers fou-
gueux; ils savent diminuer l'ascendant
de leurs ennemis par de l'adresse et de
la légèreté, et leur dirigent des coups que
ne peuvent éviter des gens qu'embar-
rassent leur taille et le poids des armes;
l'héroïne suit de près ceux qui combattent pour elle; ce que leur fer épargne, ses
beaux yeux le détruisent... tout plie...
tout se retire en désordre; les vainqueurs
renversent les vaincus dans le plus épais
du bois, et l'on arrive enfin près d'une
clairière, au milieu de laquelle est situé
le château de *Catchukricacambos*.

C'était un large et haut pavillon flan-
qué de quatre tours d'un marbre noir
comme le jais; sur les murs se voyaient
symétriquement arrangés des chiffres et
des trophées d'armes en argent; un fossé
entourait l'édifice, où l'on ne pénétrait
que par un pont-levis; aussi-tôt que les
nains nègres qui garnissaient le haut des

tours apperçoivent la calèche de la dame
du Soleil, ils font pleuvoir sur elle une
nuée de petites flèches d'ébène, au bout
de chacune desquelles était un gros bouquet. En dix minutes, Dolsé, sa voiture,
ses chevaux, et plus de quatre toises autour d'elle, se trouvent couverts de roses,
de jasmins, de lilas, de jonquilles, d'œil-
lets et de tubéreuses.... à peine la dé-
couvre-t-on sous ces masses de fleurs.

Cependant on ne voit plus un seul ennemi; tout est rentré dans le château,
dont les portes s'ouvrent à l'instant.
Ceilcour arrive alors, conduisant enchaîné par un ruban vert le chevalier
aux armes noires, qui ne se voit pas
plutôt près de la baronne, qu'il se précipite à ses pieds et se reconnaît hautement son esclave. Il la supplie d'honorer son habitation de sa présence, et
tout entre, vainqueurs, vaincus, tout
s'introduit dans le château aux sons des
cimballes et des clarinettes.

Arrivée dans la cour intérieure, la baronne descend, et passe dans des salles magnifiquement décorées, où la reçoivent en

s'inclinant soixante femmes, épouses des
chevaliers vaincus, et qui paraissent avoir
plus de huit pieds de haut. Chacune de ces
femmes tient une corbeille remplie des
plus jolis présens, mais tous néanmoins
formés de choses simples, quoique singulières et rares, afin de ménager la délicatesse de Dolsé, qui n'eut pas accepté
des bijoux de prix; c'étaient des fleurs et
des fruits naturels de la plus belle et de
la plus rare espèce; il y en avait de toutes
les parties du monde. Des habits de femmes, également aux différentes manières
de tous les pays possibles, une immensité
de rubans de toutes couleurs, des pas-
tillages, des confitures, trente boëtes
d'essence, de pommades et de fleurs d'I-
talie, les plus superbes dentelles, des
flèches et des carquois de sauvages; quelques antiquités romaines, des vases grecs
fort précieux, des bouquets de plumes
de tous les oiseaux de la terre; soixante
coëffures de femmes tant à nos modes
qu'à celles des autres nations du monde,
quinze différentes sortes de fourrures et
plus de trente couples de petits animaux

rares d'une surprenante beauté, parmi lesquels se voyaient des tourterelles jaunes
et lilas de la Chine, au-dessus de tout éloge ; trois services complets de porcelaines
étrangères et deux de France, des boëtes
de myrrhe, d'aloës et de plusieurs autres
parfums d'Arabie, parmi lesquels était le
nard, que les Israélites ne brûlaient que
devant l'arche du Seigneur, une belle col-
lection de pierres précieuses, des boëtes
de canelle, de saffran, de vanille, de
café, dans les espèces les plus rares et les
plus sûrement indigènes, cent livres de
bougies couleur de rose, quatre ameuble-
ment con let, un de satin vert brodé
d'or, un d damas à trois couleurs, un
de velours, le quatrième de pékin; six
tapis de Perse, et un palankin des Indes.

Dès que la baronne a tout vu, les
géanes arrangent symétriquement ces
objets sur un amphithéâtre préparé dans
la salle du festin; alors le chevalier aux
armes noires s'avance, et fléchissant le
genoux devant Dolsé, il la supplie d'accepter ces dons, l'assurant que ce sont
les loix de la guerre, et qu'il les eût exigé

de son ennemi, s'il eût été assez heureux
pour le vaincre.... Dolsé rougit.... elle
veut se défendre; elle jette sur son chevalier des regards où règne à-la-fois de
la contrainte au milieu de beaucoup d'a-
mour.... Ceilcour presse les deux mains
de cette charmante femme, il les couvre
de ses larmes et de ses baisers; il la conjure de ne pas l'affliger au point de mépriser des bagatelles d'une aussi légère
importance ; des pleurs involontaires
coulent des beaux yeux où Ceilcour
s'embrâse de plus en plus. La baronne
n'a pas la force de dire oui..... mais sa
reconnaissance l'exprime, et l'on sert.

D'autres gradins en face de ceux où
sont exposés les présens, se remplissent
aussi-tôt de géans vaincus. *Catchukricacambos* demande à la baronne qu'il leur
soit permis d'exécuter quelques morceaux de musique de leur composition...
Dépourvu d'harmonie, madame, ajoute-
t-il, cet art sublime ne peut être exercé
dans nos forêts comme au sein de vos villes
brillantes; mais vous leur ferez signe de se
taire aussi-tôt qu'ils vous déplairont; et

dans le même instant se fait entendre l'ouverture d'*Iphigénie*, rendue avec d'autant plus de précision, que ceux qui la jouent ici, sont les mêmes qui l'exécutent à l'Opéra.

On se met à table au son de cette musique délicieuse, qui varie ses morceaux et qui fait entendre tour-à-tour ceux des plus grands maîtres de l'Europe. Les nains noirs et les géanes sont les seuls qui servent au repas, où ne sont admis que les chevaliers vainqueurs et quelques femmes du cortége de la baronne. La magnificence, la délicatesse et le luxe président à tous les services; et *Catchukricacambos*, à qui l'on a permis d'en faire les honneurs, remplit ce soin avec autant de grâces que d'élégance.

Au sortir de table, ce noble géant demande à la baronne si une partie de chasse dans sa forêt pourrait lui donner quelque satisfaction. Entraînée de plaisirs en plaisirs, se croyant dans un monde nouveau, elle accepte tout avec l'air de la joie; les vainqueurs se mêlent aux vaincus, et l'on place la dame du Soleil dans un trône de fleurs, élevé sur un tertre, dominant toutes les routes de la forêt, qui aboutissent au château de marbre noir.

A peine y est elle, que plus de soixante biches blanches ornées de gros nœuds de ruban rose, que paraissent poursuivre les chasseurs, viennent s'accroupir à ses pieds, où des piqueurs les enchaînent avec des nattes de violettes.

Cependant le jour baisse.... les trompettes sonnent le départ ; tous les chevaliers amis ou ennemis sont déjà revenus de la chasse, et paraissent n'attendre que les ordres de leur chef. Ceilcour offre la main à sa dame pour l'aider à remonter dans la jolie calèche qui l'a amenée. A l'instant les portes du château noir s'ouvrent avec fracas ; un char immense en sort ; c'est une espèce de théâtre ambulant, traîné par douze chevaux superbes, sur lequel sont arrangés en forme de décoration tous les dons faits à la dame du Soleil ; quatre des plus belles géanes prisonnières sont enchaînées aux quatre coins du char avec des guirlandes de rose ; cette superbe machine passe la première.

On se disposait à suivre, quand Ceilcour prie la baronne de tourner encore une fois ses regards sur le château du géant qui vient de lui donner à dîner.... Elle regarde ; l'édifice est presque déjà tout entier consumé par le feu ; du haut des fenêtres, de l'esplanade des tours, se précipite par groupe au milieu des flammes, cette innombrable quantité de petits nègres que l'on a vu servir au repas, ils appellent au secours, ils poussent des cris qui, se mêlant aux sifflemens des tourbillons embrâsés, rendent ce spectacle aussi majestueux qu'imposant. La baronne s'effraye ; son âme compatissante et douce ne peut rien souffrir de ce qui paraît affliger ses semblables, son amant la rassure ; il lui prouve que tout ce qu'elle voit n'est qu'artifice et que décoration... Elle se calme ; l'édifice est en cendre, et l'on vole au château.

Tout est préparé pour un bal. Ceilcour l'ouvre avec Dolsé, et les danses se sui-

vent au son des instrumens les plus variés
et les plus agréables.

Mais quel coup imprévu semble troubler la fête. Il était environ dix heures
du soir, lorsqu'un chevalier paraît ; il
est alarmé. *Catchukricacambos*, dit-il,
pour se venger du traitement qu'il a
reçu, des contributions levées sur lui,
et de l'incendie de son château, arrive
à la tête d'une armée nombreuse pour
anéantir le chevalier aux armes vertes,
sa maîtresse et ses possessions. Allons,
madame, s'écrie Ceilcour, en offrant sa
main à Dolsé, allons reconnaître avant
de nous effrayer.... On quitte le bal en
tumulte, on arrive à l'entrée des par-
terres, et l'on apperçoit aussi-tôt dans le
lointain cinquante charriots de feu, tous
attelés d'animaux du même élément, et
dont les formes sont extraordinaires.
Cette formidable légion s'avance majestueusement.... Quand elle est à cent pas
des spectateurs, il part de chacun de ces
chars magiques une nuée de bombes,
d'où jaillit par leurs éclats dans les airs
une pluie de marcassites, qui forme, en

retombant, les chiffres de Ceilcour et de Dolsé.

Voilà un galant ennemi, dit la baronne, et je ne le crains plus. Cependant le feu ne cesse point; des masses énormes de fusées et de gerbes se succèdent rapidement; l'air en est embrâsé. En ce moment, on voit la Discorde descendre au milieu des chars; elle les divise avec ses serpens; ils se séparent.... ils prennent champ et donnent le spectacle sublime d'un carrousel.... exécuté par des charriots de feu; insensiblement ces chars se mêlent, ils se confondent, ils s'envoyent mutuellement des grenades; quelques-uns se heurtent, se renversent, se fracassent, plus de trente des autres enlevés par des griffons et des aigles monstrueux, s'élancent impétueusement dans les airs, où ils éclatent à plus de cinq cents toises; cent groupes d'amour s'échappent alors de leurs débris, tenant des guirlandes d'étoiles; ils s'abaissent insensiblement sur la terrasse où est la baronne, y restent plus de dix minutes suspendus sur sa tête, en remplissant le parc entier

d'un degré de lumière si vif, que l'astre
même en eût été terni ; une musique
des plus douces se fait entendre, et cet
artifice majestueux, soutenu des charmes
de l'harmonie, séduit à tel point l'imagination, qu'il devient impossible de ne
pas se croire où dans les champs de l'E-
lysée, ou dans ce paradis voluptueux que
nous a promis Mahomet.

Une profonde obscurité succède à ces
feux éblouissans; on rentre. Mais Céilcour
qui se croit à l'époque de la première
partie de l'épreuve qu'il destine à sa
maîtresse, l'entraîne doucement sous un
bosquet de fleurs, où des siéges de gazon
les reçoivent tous deux. Eh bien ! belle
Dolsé, lui dit-il, ai-je pu réussir à
vous dissiper un moment, et ne dois-je
pas craindre que vous vous repentiez de
la complaisance que vous avez eue de venir vous ennuyer deux jours à la campagne ? Puis-je prendre cette question
autrement que pour un persifflage, dit
Dolsé, et ne dois-je pas me fâcher de
vous voir employer avec moi un autre
ton que celui de la sincérité ? Vous avez

fait des extravagances, et je devrais vous en gronder. — Si le seul être que j'aime dans le monde a pu goûter un instant de plaisir, ce que j'ai fait alors peut-il se traiter comme vous le dites? — On n'imagina rien de plus galant, mais cette profusion m'a déplu. — Et le sentiment qui m'inspira tout, vous a-t-il également fâché? — Vous voulez deviner mon cœur? — Je desirerais bien plus, je voudrais y régner. — Au moins êtes-vous bien sûr que personne n'y pourrait avoir plus de droit. — C'est enflammer l'espoir à côté de l'incertitude, et c'est troubler tous les charmes de l'un, par les affreux tourmens de l'autre. — Ne serais-je pas la plus malheureuse des femmes, si je croyais au sentiment que vous cherchez à peindre? — Et moi, le plus infortuné des hommes, si je ne parvenais à vous l'inspirer. — O! Ceilcour, vous voulez me faire pleurer toute ma vie le bonheur de vous avoir connu! — Je voudrais vous le faire chérir, je voudrais que cet instant dont vous parlez, fût aussi précieux pour vous, que le sont à mon cœur, ceux où l'amour me

fixa

fixa pour jamais à vos pieds.... Et Dolsé
versant quelques larmes... Vous ne connaissez pas ma sensibilité, Ceilcour....;
non, vous ne la connaissez pas.... Ah!
n'achevez point d'égarer ma raison, si
vous n'êtes pas sûr de mériter mon cœur...
vous ne savez pas ce que me coûterait
une infidélité.... Regardons tout ce qui
s'est passé comme des propos ordinaires....
comme des plaisirs qui peignent votre
goût et votre délicatesse, dont je suis re-
connaissante au possible; mais n'allons pas
plus loin; j'aime mieux pour ma tranquillité, vous voir comme le plus aimable des
hommes, que d'être contrainte un jour
à vous regarder comme le plus cruel;
ma liberté m'est chère, jamais sa perte
ne m'a coûté de larmes, j'en répandrais
de bien amères, si vous n'étiez qu'un sé-
ducteur. — Que vos craintes sont inju-
rieuses, Dolsé, qu'il est affreux pour
moi de vous les voir, quand je fais tout
pour les anéantir.... Ah! je le sens, ces
détours ne sont faits que pour m'instruire de mon destin.... il faut que je
renonce à faire passer dans votre âme

Tome I.   G

les feux qui dévorent la mienne.... il faut que je trouve le malheur de ma vie, où j'en désirais la félicité... et ce sera vous.... ce sera vous cruelle qui aurez détruit toute la douceur de mes jours!

L'obscurité ne permit pas à Ceilcour de voir ici l'état de sa belle maîtresse, mais elle était couverte de pleurs... des sanglots coupaient sa respiration... elle veut se lever et sortir du bosquet, Ceilcour l'arrête, et la contraignant de se rasseoir, non... non, lui dit-il, non vous ne fuirez-pas, sans que je sache à quoi m'en tenir... dites ce que je dois espérer; ou rendez-moi la vie, ou plongez à l'instant un poignard dans mon sein... mériterai-je un jour quelque sentiment de vous Dolsé... ou faut-il me résoudre à mourir du désespoir de n'avoir pu vous attendrir? — Laissez-moi, laissez-moi je vous conjure, n'arrachez pas un aveu qui n'apportera rien de plus à votre bonheur et qui troublera tout le mien. — Oh juste ciel! est-ce donc ainsi que je devais être traité par vous?... Je vous entends madame... oui vous le pronon-

cez mon arrêt... vous éclaircissez mon
horrible sort... Eh bien! c'est moi qui
vais vous quitter... vous épargner l'horreur d'être plus long-temps avec un
homme que vous haïssez. Et en prononçant ces mots Ceilcour se lève. Moi
vous haïr, dit Dolsé en le retenant à son
tour... ah! comme vous savez le contraire... vous le voulez... eh bien oui...
je vous aime... Le voilà dit ce mot qui
me coutait autant... mais si vous en
abusez pour faire mon tourment... Si
jamais vous en aimez une autre... vous
me précipiterez au tombeau. Moment
le plus doux de ma vie, dit Ceilcour en
couvrant de baisers les mains de son
amante... Je l'ai donc entendu ce mot
flatteur qui va faire toute la joie de ma
vie!... et serrant les deux mains qu'il
tient, sur son cœur... ô vous que j'ado-
rerai jusqu'à mon dernier soupir, pour-
suit-il avec véhémence, s'il est vrai que
j'aie pu vous inspirer quelque chose,
pourquoi balanceriez-vous à m'en convaincre... pourquoi remettre à d'autres

G 2

instans la possibilité de se rendre heureux... Cet asyle solitaire... le silence
profond qui règne autour de nous...
ce sentiment dont nous brûlons tous
deux... O Dolsé!...Dolsé! il n'est qu'un
instant pour jouir, ne le laissons pas
échapper, et Ceilcour en disant ces paroles où se peint l'ardeur de la plus vive
passion, presse fortement dans ses bras
l'objet de son idolâtrie... mais la baronne s'échappant... Homme dangereux,
s'écrie-t-elle, je savais bien que tu ne
voulais que me tromper... laisse moi
fuir perfide...Ah! tu n'es plus digne de
moi... Puis continuant avec fureur...
La voilà cette promesse d'amour et de
respect... voilà la récompense de cet
aveu que tu m'as arraché...C'est pour
contenter un desir que tu m'as jugé digne de toi!... Comme tu m'as méprisée
cruel! devais-je donc m'attendre à n'être
vue de Ceilcour que sous cet aspect in-
sultant... Va chercher des femmes assez viles pour ne vouloir de toi que des
plaisirs, et laisse moi pleurer l'orgueil
que j'avais mis à posséder ton cœur.

Créature angélique, dit Ceilcour en tom-
bant aux pieds de cette femme céleste...
non vous ne pleurerez point la possession de ce cœur, où vous daignez attacher quelque prix! il est à vous... il est
pour jamais à vous... vous y régnerez
despotiquement; pardonnez un instant
d'erreur à la violence de ma passion...
ce crime est le vôtre, Dolsé, il est l'ouvrage de vos charmes, il y aurait une
affreuse injustice à vouloir m'en punir.
Oubliez-le... oubliez-le madame... c'est
votre amant qui vous en conjure. — Ren-
trons Ceilcour... vous m'avez fait sentir mon imprudence... je ne croyais pas
au danger près de vous... vous avez raison, c'est ma faute... et cherchant toujours à sortir du bosquet; voulez-vous
donc me voir expirer à vos genoux, dit
Ceilcour... non je ne les quitterai pas que
vous ne m'ayez pardonné. — O monsieur,
comment puis-je excuser l'action de
votre vie, la plus capable de me prouver votre indifférence. — Cette action
n'était due qu'à l'excès de mon amour. —
On n'avilit point ce qu'on aime. — Par-

donnez au délire des sens. — Levez-vous
Ceilcour, je serais plus punie que vous,
s'il fallait que je cessasse de vous aimer...
Eh bien je vous pardonne, mais ne m'ou-
tragez plus, n'humiliez pas celle dont
vous attendez, dites-vous, votre félicité;
quand on a autant de délicatesse dans
l'esprit, peut-on en manquer dans le
cœur... S'il est vrai que vous m'aimiez
comme je vous aime, avez-vous pù vouloir me sacrifier à la fantaisie d'un moment? Comme vous me regarderiez à
présent, si j'avais satisfait vos desirs, et
comme je me mépriserais moi-même,
si cette faiblesse eut avilie mon âme! —
Mais vous ne me détesterez pas, Dolsé,
pour avoir été séduit par vos attraits...
Vous ne me haïrez pas pour n'avoir un
instant écouté de l'amour... que son ardeur et son ivresse? Ah! que je l'en-
tende encore une fois ce pardon où j'aspire. Venez, venez Ceilcour, dit la baronne en entraînant son amant au château, oui, je vous pardonne... mais ce
sera de bien meilleur cœur quand nous
serons tous deux loin du péril, fuyons

tout ce qui peut le renouveller, et puisque nous sommes l'un et l'autre assez
coupables.... vous, pour avoir mal connu
l'amour, moi, pour en avoir trop pré-
sumé, dérobons-nous pour toujours à
tout ce qui pourrait multiplier nos torts
en en facilitant la rechûte.

Tous deux revinrent au bal; un peu
avant que d'entrer, Dolsé prit la main
de Ceilcour. Mon cher ami, lui dit-
elle, vous voilà maintenant pardonné
de bonne foi... ne m'accusez ni de pru-
derie ni de sévérité, j'aspire réellement à votre cœur, et ma faiblesse me
l'eut fait perdre... m'appartient-il encore
tout entier? — O Dolsé! vous êtes la
plus sage... la plus délicate des femmes
et vous serez toujours la plus adorée.

On ne pensa plus qu'au plaisir... Ceilcour enchanté de son opération, se dit
au comble de la joie... Voilà la femme
qui me convient, c'est celle-là qui doit
faire mon bonheur, la seconde et nouvelle épreuve où je veux la mettre encore, avec une âme comme la sienne,
devient presqu'inutile; il ne doit pas

exister une seule vertu sur la terre, qui
ne se trouve dans le cœur de má Dolsé; il doit être l'asyle de toutes... Image
du ciel, il doit être aussi pur que lui.
Mais ne nous aveuglons pourtant pas,
poursuivit-il, j'ai promis d'écarter toute
prévention... La comtesse de Nelmours
est étourdie, légére, enjouée, elle a
des charmes comme Dolsé, et son âme
est peut-être aussi belle... essayons.

La baronne partit en sortant du bal,
Ceilcour qui la conduisit lui-même dans
une calèche à six chevaux, jusqu'au bout
de ses avenues, se fit répéter son pardon, lui jura mille fois de l'adorer toujours, et se sépara de cette femme
charmante, aussi certain de son amour
que de sa vertu, et de la délicatesse de
son âme.

Les présens que la baronne avait reçu
chez le chevalier aux armes noires, l'a-
vaient devancé, sans qu'elle l'eût su;
elle en trouva sa maison décorée quand
elle y rentra. Hélas, dit-elle à l'aspect
de ces dons, quels momens flatteurs
leur vue me fera-t-elle sans cesse éprou-

ver, s'il m'aime aussi sincèrement que je
le crois; mais combien ces présens funestes déchireront mon cœur, s'ils ne
sont que les fruits de la légèreté de
cet homme charmant, ou de simples effets de sa galanterie.

Le premier soin de Ceilcour en reve-
nant à Paris, fut d'aller chez la comtesse
de Nelmours; il ignorait si elle avait su
la fête qu'il venait de donner à Dolsé,
et dans le cas qu'elle en fut instruite, il
était très-curieux de savoir ce qu'aurait
produit ce procédé sur une âme aussi
fière.

On venait de tout apprendre. Ceilcour
est reçu froidement; on lui demande
comment il est possible de quitter une
campagne où l'on jouit de plaisirs aussi
délicieux. Ceilcour répond qu'il n'imagine pas comment une plaisanterie de
société.... un bouquet donné à une amie,
peut avoir fait tant d'éclat.... Persuadez-
vous donc, belle comtesse, continue-t-il,
que, si comme vous le prétendez, je voulais donner une fête, ce ne serait qu'à
vous que j'oserais la proposer. — Vous

G 5

n'en reviendriez pas au moins avec un ridicule comme celui que vous venez de vous donner, en prenant pour la dame de vos pensées une petite prude qu'on ne voit nulle part, et qui, sans doute, ne s'isole ainsi, que pour s'occuper plus romanesquement de son beau chevalier. C'est vrai, je sens mes torts, répond Ceilcour, et malheureusement je ne connais qu'une façon de les réparer. — Et quelle est-elle? — Mais c'est qu'il faut que vous vous y prêtiez.... et vous ne le voudrez jamais. — Et qu'ai-je à faire là, je vous prie? — Ecoutez avant de vous fâcher, un bouquet à la baronne de Dolsé est un ridicule, j'en conviens, et je ne vois, pour le couvrir, qu'une fête à la comtesse de Nelmours. — Moi, devenir le singe de cette petite femme.... me laisser jeter des fleurs au nez en spectacle..... Oh! pour le coup, vous en conviendrez, si j'effaçais par-là vos torts, ce ne serait qu'en m'en donnant à moi-même, et je n'ai ni le desir de partager vos folies aux risques de ma réputation, ni le dessein de voiler vos inconséquences en m'accablant de ridicules.—Il n'est pourtant pas bien reconnu qu'il y en ait un énorme à donner des fleurs à une femme.—Vous l'avez donc cette femme?... En vérité, je vous en félicite, c'est le plus joli couple.... vous me le direz au moins.... vous le devez.... ne savez-vous donc pas combien je m'intéresse à vos plaisirs?... Qui eût pensé, il y a six mois, qu'on aurait cette petite créature... avec une taille de poupée.... des yeux assez jolis si vous voulez, mais qui ne signifient rien.... un air de pudeur.... qui m'excéderait si j'étais homme.... et pas plus formée que si cela sortait du couvent; parce que cette femme a lu quelques romans, elle s'imagine avoir de la philosophie dans l'esprit, et devoir aussitôt courir la même carrière que nous; ah! rien n'est si plaisant.... laissez-m'en rire à l'aise, je vous conjure.... Mais vous ne me dites pas ce que cela vous a coûté de peines.... vingt-quatre heures.... je le parie.... Ah! Ceilcour, l'excellente histoire! je veux en amuser Paris, je prétends que l'Univers admire et votre choix

et votre goût pour les fêtes.... car, rail-
lerie cessante, on dit que c'était d'une
élégance.... Ainsi vous me faites donc
la grâce de jeter les yeux sur moi pour
succéder à cette héroïne.... j'en suis
d'une gloire.... Belle comtesse, dit Ceilcour, avec le plus grand sang-froid, quand
vos sarcasmes seront épuisés, j'essaierai
de vous parler raison.... si cela se peut.
— Allons, parlez, parlez, je vous écoute,
justifiez-vous, si vous l'osez. — Me justifier, moi ... il faut avoir des torts pour
se justifier, et celui que vous me supposez ici, n'est-il pas impossible, après les
sentimens que vous me connaissez pour
vous? — Je ne vous connais aucun sentiment pour moi, je ne sache pas que
vous m'en ayiez jamais fait voir aucun;
si cela était, vous n'auriez certainement
pas donné de fête à Dolsé. — Eh! lais-
sez-là, madame, une plaisanterie sans
conséquence; j'ai donné un bal et quelques fleurs à Dolsé, mais ce n'est qu'à la
comtesse de Nelmours ... à la femme du
monde que j'aime le mieux, à qui je prétends donner une fête.... — Encore si

avec ce projet d'en donner deux, vous
eussiez du moins commencé par moi. —
Mais réfléchissez donc que c'est ici une
histoire de calendrier ; si Sainte-Irène **y**
précéde Sainte - Henriette, de trois se-
maines, est-ce ma faute, et qu'importe
ce frivole arrangement, dès qu'Henriette
règne seule au fond de mon cœur, et
qu'elle ne peut-être précédée par qui que
ce soit. — Je sais bien que vous me l'avez
dit, mais comment voulez-vous que je le
croie ? — Il faut ou se bien peu connaître,
ou être bien dépourvue d'orgueil, pour
hasarder tout ce que vous venez de dire
aujourd'hui. — Oh ! doucement, l'inconséquence ne porte que sur vous ; il n'y **a**
pas un grain de vanité de moins dans moi ;
je ne me mets pas encore au-dessous de
votre déesse, et j'ai cru pouvoir vous per-
siffler tous deux, sans faire croire à mon
humilité. — Soyez donc juste une fois
dans votre vie ; appréciez les choses ce
quelles valent, et nous y gagnerons tous.
— C'est que j'avais eu la folie de prétendre à vous fixer.... j'y avais mis une
sorte de triomphe, dont l'anéantissement

me déplairait..... Jurez-moi donc que cette petite indolente ne vous a jamais rien inspiré. — Est-ce de celui que vous enchaînez, qu'il faut exiger ce serment? je ne vous pardonne pas même d'y penser.... et si je faisais bien, j'en serais piqué au point de ne plus vous voir. — Ah! je savais bien que le fourbe allait me contraindre à lui demander des excuses. — Pas un mot, mais c'est qu'il y a des choses si hors de vraisemblance. — C'est assurément bien l'histoire de tout ceci. — Et pourquoi tant de train si vous le sentez? — Je ne veux rien de tout ce qui a l'air de vous enlever à moi. — Mais quelque chose peut-il y réussir? — Que sais-je, connaît-on les hommes? — Ne me confondez donc pas toujours. — Je conçois bien que vous aimeriez mieux que je vous pardonnasse. — Vous le devez... allons, point d'enfance, et venez passer deux jours chez moi, pour y apprendre plus sûrement qu'à Paris, s'il est vrai que j'aie seulement conçu l'idée d'une fête pour une autre femme que pour ma chère comtesse.... et l'adroit person-

nage saisissant alors une main de celle
qu'il éprouve, il la porte sur son cœur.
Cruelle, lui dit-il avec transport, quand
votre image est gravée là, pour ne s'en
effacer jamais, devez-vous supposer
qu'une autre puisse y balancer votre
empire? — Allons, n'en parlons plus....
mais pour vous promettre deux jours....
— J'y compte. — En vérité, ce serait une
folie. — Vous la ferez. — Allons donc,
votre ascendant sur moi l'emporte, et
vous triompherez toujours. — Toujours?
— Oh! non pas généralement, il y a de
certaines bornes que je ne franchirai
jamais.... et si je croyais que dans tout
cela, il y eut le plus petit projet sur ma
raison, je vous refuserais très-certainement. — Non, non, on la respectera
cette raison sévère.... A quelque point
que je doive y perdre, les vues que j'ai
sur vous s'allieraient-elles avec la séduction? On trompe une femme qu'on méprise.... dont on veut des plaisirs d'un
moment pour ne s'en occuper jamais
sitôt qu'ils sont goûtés; mais de quelle
différente nature sont les procédés qu'on

emploie avec celle dont on attend le
bonheur de sa vie ! — J'aime à vous voir
un peu de sagesse.... vous le voulez, j'i-
rai vous voir.... mais point de faste, que
ce soit par cette différence que l'on re-
connaisse celle qui doit exister entre
ma rivale et moi ; je veux au moins
qu'on dise que vous avez agi avec cette
petite créature comme avec une femme
avec laquelle on est en cérémonie, et
avec moi, comme avec la plus sincère
amie de votre cœur. Croyez, dit Ceilcour
en s'échappant, que vos uniques désirs
seront la règle de ma conduite.... que
je travaille un peu pour moi dans cette
fête dont vous daignez accepter l'hommage, et qu'il serait bien difficile que
j'en fusse satisfait si je ne voyais, dans
ces yeux charmans, le plaisir éveiller
l'amour et régner à côté de lui.

Ceilcour fut tout préparer ; il vit
deux ou trois fois la comtesse dans l'in-
tervalle, afin que rien ne pût refroidir
les résolutions qu'elle avait prises ; il fit
également deux visites secrètes à Dolsé
qu'il ne cessa d'entretenir de sa flamme ;

là, il put se convaincre mieux que jamais
de la délicatesse des sentimens de cette
femme sensible, et démêler sur-tout
qu'elle serait sa douloureuse affliction,
si elle apprenait qu'on dût malheureusement la tromper. Il lui cacha avec le plus
grand soin la fête projetée pour Nelmours, et s'abandonna pleinement du
reste à sa destinée et aux circonstances.
Quand on a dessein de prendre un parti,
et que *des motifs puissans* nous y déterminent, il faut après avoir fait de son
mieux pour éviter l'éclat, se livrer sans
crainte aux suites inévitables d'un projet
dont de plus grandes précautions trou-
bleraient peut-être l'accomplissement, et
nuiraient parconséquent à nos vues.

Le 20 juillet, veille de la fête de madame de Nelmours, cette charmante
femme part dès le matin pour se rendre
au château; elle arrive à midi à l'entrée
des avenues; deux génies la reçoivent à
son carrosse et la prient de s'arrêter un
instant. On ne vous attendait pas aujour-
d'hui, madame, dans les états du prince
Oromasis, dit l'un d'eux; très-occupé

d'une passion qui le dévore, il est venu se retirer ici pour y gémir en liberté, c'est en raison de ces projets de solitude qu'il a fait bouleverser tous les chemins de son empire; et en effet, la comtesse jetant les yeux sur l'immense avenue qui se présente à elle, ne voit que des arbres entièrement dépouillés de leur verdure, un aspect aride et désert.....
un chemin brisé de partout, n'offrant à chaque pas que des ravins et des précipices. Un moment la dupe de la plaisanterie..... Oh! je le savais bien, dit-elle, qu'il ne lui viendrait dans la tête que des choses ridicules; si c'est ainsi, qu'il a dessein de me recevoir, je le tiens quitte de sa galanterie, et je m'en retourne. Mais, madame, dit un des génies, en la retenant; vous savez que le prince n'a qu'un mot à dire pour faire à l'instant changer la face de l'Univers, souffrez-donc qu'on l'instruise, et de suite il donnera des ordres pour faciliter votre arrivée chez lui.— En attendant, que voulez-vous que je devienne?
— Oh! madame, faut-il un siècle pour

instruire le prince? Le génie frappe l'air
de sa baguette, un sylphe s'élance de
derrière un arbre, traverse les airs avec
rapidité, revient avec plus de vitesse
encore. A peine arrivé au carrosse de
la comtesse, pour l'avertir qu'elle est
la maîtresse de descendre, qu'il repart
avec la même promptitude, et dans ce
second trajet tout change à mesure qu'il
fend les airs. Cette même avenue agreste,
isolée, détruite, où l'on n'appercevait
pas une âme, tout-à-coup remplie de plus
de trois mille personnes, offre aux yeux
de la comtesse, la décoration d'une foire
superbe, ornée de quatre cents boutiques de chaque côté de l'allée, remplies
de toutes sortes de bijoux et d'objets de
modes. Des filles charmantes et pitto-
resquement vêtues tenaient ces boutiques et en annonçaient les marchan-
dises. Les branches de ces arbres nuds
et dépouillés l'instant d'avant, succom-
bent à présent sous le poids des guirlandes de fleurs et des fruits dont ils
sont chargés, et cette route brisée tout
à l'heure, n'est maintenant qu'un tapis

de verdure qu'on parcourt au milieu
d'une forêt de rosiers, de lilas et de jasmins. En vérité votre prince est un fou,
dit la comtesse aux deux génies qui l'accompagnent; mais en prononçant ces
mots elle change de couleur, et il devient facile de discerner sur les traits
de sa physionomie, comme elle est orgueilleuse et flattée des soins que l'on
prend pour la surprendre et pour l'intéresser. Elle avance : Princesse, lui dit un
des deux génies qui la guide, toutes ces
bagatelles, toutes ces frivolités que vos
yeux plus brillans que l'éclair peuvent
appercevoir dans ces boutiques, vous sont
offertes; nous vous supplions de vouloir
bien choisir, et ce que vos doigts d'al-
bâtre auront daigné toucher, se retrou-
vera ce soir dans les appartemens qui
vous sont destinés. Cela est trop honnête,
répond la comtesse; je sais combien je
fâcherais le maître de ces lieux, si je
refusais cette galanterie, mais je serai
discrète; et s'avançant dans les avenues
elle parcourt tantôt à droite, tantôt à
gauche les boutiques qui lui paraissent

les plus élégantes ; elle touche fort peu de choses, mais elle en désire beaucoup ; et comme elle était scrupuleusement obser- vée, et qu'on ne perdait aucun de ses gestes, ni de ses regards, on marque avec la même exactitude, et ce qu'elle indi- que et ce qu'elle désire ; on observe de même qu'elle loue la beauté de quel- ques-unes des femmes qui débitent les bijoux.... et l'on verra bientôt de qu'elle manière Ceilcour satisfait à ses moindres desirs.

A trente pas du château, notre hé- roïne voit arriver son amant sous l'em- blême du génie de l'air, suivi de trente autres génies qui paraissent former sa cour. Madame, dit Oromasis, (on vou- dra bien sous ce nom reconnaître Ceil- cour) j'étais loin de m'attendre à l'hon- neur que vous daignez me faire, vous m'auriez vu voler au-devant de vous, si j'eusse prévu cette faveur ; permettez- moi, continua-t-il en s'inclinant, de baiser la poussière de vos pieds, et de m'abaisser devant la divinité qui préside au Ciel et qui règle les mouvemens de

la terre; en même temps le génie et tout
ce qui l'entoure se prosternent la face sur
le sable, jusqu'au geste que fait la comtesse, pour leur ordonner de se lever:
alors tout s'avance vers le château.

A peine arrivé sous le vestibule que la
fée Puissante, protectrice des domaines
d'Oromasis, vient respectueusement sa-
luer la comtesse; c'était une grande
femme d'environ quarante ans, fort
belle, majestueusement vêtue, et dont
l'air affable ne présageait que des choses
flatteuses.

Madame, dit-elle à la déesse du jour, le
génie que vous venez visiter est mon frère,
sa puissance qui n'est pas aussi étendue
que la mienne, ne lui permettrait pas
de vous recevoir comme vous le méritez,
si je n'aidais à ses intentions. Une femme
se confie mieux à une personne de son
sexe; permettez-donc que je vous accompagne, et que je fasse obéir à tous
les ordres qu'il vous plaira de donner.
Aimable fée! répondit la comtesse, je
ne puis qu'être enchantée de ce que
je vois; je vous ferai donc part de toutes

mes pensées; et la première preuve de
ma confiance, est la permission que je
vous demande de passer quelques minutes dans l'appartement qui m'est destiné; il fait très-chaud, j'ai marché fort
vite, et je desirerais prendre quelques
vêtemens plus frais. La fée passe la première, les hommes se retirent, et madame de Nelmours arrive dans une salle
fort vaste, où les preuves d'une nouvelle
galanterie de son amant se présentent
bientôt à ses yeux.

Cette femme élégante... même dans
ses faiblesses, en avait une assez pardon-
nable à une jolie femme. Possédant chez
elle à Paris, l'appartement du monde le
plus magnifique et le mieux distribué;
quelque part où il lui fallait aller, ce
n'était jamais sans regret qu'elle quittait sa délicieuse retraite; elle était ac-
coutumée à son lit, à ses meubles, et elle
se désolait intérieurement dès qu'il s'a-
gissait d'être ailleurs. Ceilcour ne l'ignorait pas... la fée s'avance; de sa baguette elle frappe un des murs de la
salle où toutes deux se trouvent; la sépa-

ration s'écroule, et présente en tom-
bant, l'appartement entier que Nelmours regrette à Paris. Mêmes orne-
mens, mêmes couleurs... mêmes meubles... même distribution ; oh pour ce
soin si délicat, dit-elle, en vérité il me
touche jusqu'au fond de l'âme : elle entre
et la fée la laisse au milieu des six femmes qu'elle avait le plus admirées dans
l'avenue ; elles étaient destinées à la servir. Leur premier soin est de présenter
des corbeilles où la comtesse trouve douze
sortes de vêtemens complets... elle choisit... On la déshabille, puis avant que
de se revêtir des nouvelles robes qui lui
sont offertes, quatre de ces filles la frot-
tent, la délassent à la manière orien-
tale, pendant que les deux autres vont
lui préparer un bain, où elle se repose
une heure dans des eaux de jasmin et de
rose; on la pare en sortant, des magnifi-
ques habits qu'elle a préférés... elle
sonne, la fée vient la reprendre, et la
conduit dans une salle de festin superbe.

Un sur-tout de la plus grande beauté,
remplissait

remplissait une table ronde, et ne laissait au-delà de lui, qu'un cercle couvert de fleurs d'oranges et de feuilles
de roses, qui montait et descendait à
volonté; ce cercle destiné à contenir les
mets, n'en supportait néanmoins aucun;
la comtesse de Nelmours, l'une des
femmes de Paris qui s'entendaient le
mieux à faire bonne chère, pouvait ne pas
être contente de ce qui lui serait servi, il
avait paru plus agréable à Ceilcour de
la laisser elle-même ordonner son dîner. Dès qu'il l'eût invité à s'asseoir, et
que les couverts qui régnaient autour du
cercle de fleurs eurent été remplis par
sa suite et par lui au nombre de vingt-
cinq hommes et d'autant de femmes,
la comtesse lut dans un petit livre d'or
qui lui fut présenté par la fée, un menu
de cent différentes espèces de plats que
l'on savait être le plus de son goût...
Avait-elle choisi, la fée frappait, le
cercle s'enfonçait en laissant néanmoins
autour de lui une rampe de même forme
où les assiettes se trouvaient posées, et
le cercle de fleurs remontant aussi-tôt,

revenait chargé de cinquante plats de
l'espèce de celui qu'avait choisi madame
de Nelmours. Dès qu'elle avait goûté de
ce mets, ou que de la vue seule, la fantaisie lui était passée, elle en choisissait
un nouveau, qui paraissait sur-le-champ
de la même manière et dans le même
nombre, sans qu'il fût possible de com-
prendre par quel art tout ce qu'elle dé-
sirait arrivait avec autant de vîtesse.
Elle abandonne le choix indiqué par le
livre; elle demande autre chose, même
obéissance, même promptitude.

Oromasis, dit alors la comtese au génie de l'air, ceci est par trop singulier.
je suis chez un magicien, laissez-moi
fuir une maison dangereuse où je sens
bien que ma raison ni mon cœur ne sau-
raient être en sûreté. Rien n'est à moi
dans tout cela madame, répondit Ceilcour, cette magie s'opère par vos désirs, vous en ignoriez le pouvoir, con-
tinuez d'en faire des essais, ils vous réus-
siront tous.

Aussi-tôt qu'on fut hors de table, Ceilcour proposa à la comtesse une prome-

nade dans ses jardins. A peine a-t-on fait
trente pas que l'on se trouve près d'une
magnifique pièce d'eau, de laquelle les
bords sont si bien déguisés, qu'il devient impossible de voir où se termine
ce bassin immense, il semble que ce
sóit une mer. Tout-à-coup trois vaisseaux
dorés, dont les cordages sont de soie
pourpre et les voiles de taffetas de même
couleur, brodées d'or, paraissent vers
l'occident; il en arrive trois autres du
point opposé, dont tout ce qui doit être
de bois est argent, et tout le reste couleur de rose. Ces navires sont prêts à se
rencontrer et le signal du combat se
donne. Oh ciel! dit la comtesse, ces vaisseaux vont se battre... et pour quelle
raison? Madame, répondit Oromasis, je
vais vous l'expliquer. S'il était possible
que ces guerriers pussent nous entendre,
peut-être apaiserions-nous leur querelle;
mais la voilà maintenant trop engagée,
il nous serait difficile de les fléchir; le
génie des comètes qui commande les
vaisseaux d'or, se vit enlever il y a un
an, dans un de ses palais lumineux, sa

jeune favorite Azélis, dont la beauté n'a dit-on rien d'égal, le ravisseur était le génie de la lune que vous voyez à la tête de la flotte d'argent; ce génie transporta sa conquête au fort que voilà sur cette roche, poursuivit Oromasis en montrant sur la crête d'une montagne qui touchait aux nues, une citadelle inexpugnable, voilà où il enchaîne sa proie, perpétuellement défendue par la flotte qu'il entretient dans cette mer et à la tête de laquelle vous le voyez aujourd'hui. Mais le génie des comètes décidé à tout pour ravoir Azélis, vient d'arriver sur les vaisseaux qui se présentent à vous, et s'il peut détruire ceux de son adversaire, il s'emparera du fort, ravira sa maîtresse et la ramenera dans son empire; un moyen simple aurait pourtant bien pu faire cesser la querelle. Un arrêt du destin condamne le génie de la lune à rendre à son ennemi la beauté qu'il lui retient, dès que ses yeux auront été frappés d'une femme plus belle qu'Azélis; qui doute madame, poursuivit Oromasis, que vos appas ne soient supé-

rieurs à ceux de cette jeune personne;
en vous montrant à ce génie, vous déli-
vreriez-donc la malheureuse captive
qu'il tient dans ses fers. Fort bien, dit
la baronne, mais ne serais-je pas obli-
gée de prendre sa place? — Oui madame, c'est inévitable, mais il n'abusera
pas sur-le-champ de sa victoire, une
feinte aussi facile qu'adroite, me ramè-
nera bientôt à vos genoux. Aussi-tôt que
vous serez en la puissance du génie de
la lune, il faudra lui demander avec instance de vous faire voir l'île de Diamans
dont il est possesseur, il vous y conduira;
qu'il y vienne avec vous, c'est tout ce
que je veux, là seulement sa puissance
se trouve subordonnée à la mienne, et
je n'ai qu'à paraître dans cette île pour
vous ravir à son pouvoir; ainsi madame
vous aurez fait une belle action en dé-
livrant Azélis, vous n'aurez couru nuls
risques, et vous n'en serez pas moins ce
soir de retour dans mes états. Tout cela
est fort bien, reprit la comtesse, mais
réfléchissez-vous que pour opérer cette
belle action, il faut que je sois plus

belle qu'Azélis. — Ah ! craint-on de ne
l'être pas autant qu'Azélis, quand on l'est
plus qu'aucune femme de la terre ; mais
malheureusement tout ceci n'est peut-
être plus de saison, et si le génie des
comètes vient à triompher, votre généreux secours est inutile ; voilà les vaisseaux prêts à se joindre, attendons l'is-
sue du combat.

A peine Ceilcour a-t-il dit ces mots, que
les flottes commencent à se canonner...;
Pendant plus d'une heure on fait de part
et d'autre un feu d'enfer ... les navires
se réunissent enfin, une infanterie formidable inonde les ponts.... On se
heurte, on s'accroche, les six vaisseaux
ne font plus qu'un seul champ, sur lequel on se bat avec ardeur ; des morts
paraissent tomber de toutes parts, la
mer est teinte de sang, elle est couverte
de malheureux qui s'y précipitent, espé-
rant trouver leur salut dans les flots;
cependant l'avantage est entier au génie de la lune, les vaisseaux d'or se dé-
sagréent, les mâts tombent, les voiles se
déchirent, à peine reste-t-il encore sur

cette flotte quelques soldats pour la défendre; le génie des comètes ne pense
plus qu'à la fuite, il cherche à se déga-
ger, il y réussit, sa flotte se sépare, mais
elle n'est plus en état de tenir la mer;
le génie qui la commande voyant la mort
l'environner de toutes parts, se jette
dans un esquif avec quelques uns de
ses matelots; il était temps : à peine a-t-il
pris le large que ses navires, tous trois
élancés dans les airs, au moyen des
poudres embrasées par l'ennemi dans
leurs flancs, s'y brisent avec un fracas
épouvantable, et retombent en tristes
débris, sur la surface agitée des eaux.

Voilà le plus beau spectacle que j'aie
vu de ma vie, dit la comtesse, en serrant
les mains de son amant; il semble que
vous ayiez deviné que la chose du monde
que je desirasse le plus, fût de voir un
combat naval. Mais, madame, répond
Oromasis, voyez-vous où ceci vous entraîne; avec l'âme généreuse que je vous
connais, vous allez voler au secours
d'Azélis, la rendre au prince des Comètes qui, comme vous voyez, se dirige

vers nous pour solliciter votre appui.
Oh ! non, dit la comtesse en riant, je
n'ai pas assez d'orgueil pour entreprendre une telle aventure.... Songez quelle
humiliation, si cette petite fille allait
être plus jolie que moi.... et puis, me
trouver perchée à six ou sept cents toises
de terre.... sans vous.... avec un homme
que je ne connais pas.... qui sera peut-
être fort entreprenant.... Me répondez-
vous des suites ? — Oh ! madame, votre
vertu.... — Ma vertu?... et comment
voulez-vous, je vous prie, qu'on pense
encore aux vertus de ce bas-monde,
quand on est aussi près des cieux? et si
ce génie allait vous ressembler, croyez-
vous que je pusse m'en défendre? — Les
moyens de vous soustraire à tous dangers vous sont connus, madame; desirez
de voir l'île des Diamans, et je vous ra-
vis aussi-tôt aux mains de cet audacieux.
— Qui vous dit qu'il sera temps; tout
cela suppose des heures; il ne faut que
six minutes, et un beau génie pour rendre une maîtresse infidèle..... Allons,
allons, j'accepte pourtant, continue la

comtesse.... mais je me fie à vous, et
plus encore à votre aimable sœur; ne
m'abandonnez ni l'un ni l'autre, et je
suis tranquille.... La fée promet; arrive
en cet instant le génie vaincu, qui solli-
cite plus vivement encore les bontés de
l'amante d'Oromasis.... elle est détermi-
née; un signal se donne; la forteresse y
répond.... Partez, madame, partez, dit
Oromasis; le génie de la Lune vient de
m'entendre; il est prêt à vous recevoir.
— Eh ! comment voulez-vous, s'il vous
plaît, que j'arrive sur le haut de cette
roche, dont un oiseau aurait de la peine à
atteindre le sommet. Alors la fée frappe
l'air de sa baguette.... des cordes de soie
que l'on n'avait point apperçues, tenant
au rivage d'un côté... fortement attachées
aux murs du fort par leur autre bout,
se tendent avec roideur; un char de porcelaine blanche, attelé de deux aigles
noirs, descend rapidement du fort par
le moyen des cordes qu'on vient d'indi-
quer. Dès qu'il est à terre, on le retourne
avec vîtesse; les aigles faisant face au
fort, paraissent prêts à y remonter; la

comtesse et deux de ses femmes s'élancent dans le char, et l'éclair est moins
prompt à traverser la nue, que cette fra-
gile voiture n'est à conduire aux barrières du fort le poids précieux qu'on
lui confie.

Le génie s'avance, il vient recevoir la
princesse.... O décrets sacrés des des-
tins, s'écrie-t-il, en l'appercevant....
voilà celle qui m'est annoncée.... voilà
celle qui va m'enchaîner à jamais, et
qui va délivrer Azélis; entrez, madame,
venez recevoir ma main, venez jouir de
votre triomphe.... Votre main, dit madame de Nelmours un peu effrayée....
En vérité, je n'en ai pas trop d'envie;
n'importe, avançons toujours, nous ca-
pitulerons tout-à-l'heure.

Les portes s'ouvrent, et la comtesse
pénètre dans de petits appartemens délicieux, dont les plafonds, les murs et
les parquets sont de porcelaine, tantôt
variée, tantôt d'une seule couleur. Pas
un seul meuble de ce manoir céleste,
n'était d'une composition différente.

Permettez, dit le génie, en laissant sa

dame dans un cabinet de porcelaine jonquille, permettez que j'aille vous chercher ma captive.... il faut qu'une confrontation plus exacte assure encore mieux votre victoire.... Le génie sort.

En vérité, dit la comtesse, en se jetant sur un canapé de porcelaine garni de carreaux de pekin bleu, voilà un génie bien plaisamment logé; il est impossible de voir une maison plus fraîche.... Mais il faut y prendre garde aux chûtes, madame, lui répond celle de ses femmes à qui elle s'est adressée, je crains bien que tout ce que nous voyons ne soit qu'artifice, et que nous ne soyons ici dans les airs, extrêmement aventurées; en même temps toutes trois tâtent les murs, et reconnaissent que l'édifice entier où elles se trouvent, n'est que de carton verni avec un tel art, qu'au premier coup-d'œil on eut réellement pris tout cela pour de la plus belle porcelaine.... Oh ciel! dit madame de Nelmours, avec une assez plaisante frayeur, nous allons culbuter au premier vent, et nous sommes ici dans le plus grand

H 6

danger. Mais les précautions étaient trop
bien prises, et celle qui se trouvait dans
cette décoration magique, était trop chère
à l'inventeur de la galanterie, pour que
de tels risques fussent à redouter.

Le génie reparaît. Quelle surprise pour
la comtesse !.... celle que l'on amène....
la femme qui vient faire assaut de beauté
avec elle.... c'est Dolsé.... c'est cette rivale si crainte, ou plutôt, disons mieux,
et ne tenons pas le lecteur plus long-
temps inquiet.... l'image.... l'entière res-
semblance de Dolsé, une jeune fille si
parfaitement conforme à elle, que tout
le monde s'y méprend.

Eh bien ! madame, dit le génie, dès
que les loix du destin me condamnent à
rendre cette prisonnière aussi-tôt qu'une
plus belle femme qu'elle, aura frappé
mes yeux, croyez-vous maintenant que
je puisse rompre ses fers ? Madame, dit
la comtesse, en s'avançant vers la jeune
personne, qu'elle continue de prendre
pour Dolsé.... expliquez-moi tout ceci,
je vous conjure. Pouvez-vous vous en
plaindre, répond la jeune fille, dès que

cette démarche assure votre triomphe
en m'humiliant.... régnez, princesse, régnez, vous en êtes digne, laissez-moi
fuir votre présence, laissez-moi pour jamais ensevelir ma défaite et mon humiliation.... et la petite femme disparait,
laissant encore la comtesse dans la complète illusion que celle qu'elle vient de
voir est sa rivale, mais sans pouvoir démêler quelle fatalité bisarre peut l'amener en cette circonstance.

Etes-vous satisfaite, madame, dit alors
le génie, et consentirez-vous à me donner la main? Oui, répond la comtesse,
prévenue, mais aux conditions qu'avant
de serrer nos nœuds, vous me donnerez
à souper ce soir dans l'île des Diamans,
et que jusqu'à l'heure de vous y rendre,
je parcourerai tout à l'aise votre singulière habitation.

Les conditions s'accordent, et la comtesse continue de visiter les appartemens
magiques du génie de la Lune. Elle arrive enfin dans un cabinet peint en porcelaine du Japon, au milieu duquel était
une table, contenant un petit palais de

diamans. Nelmours les examine, elle les
vérifie. Oh ! pour ceci, dit-elle à ses
femmes, il n'y a pas de fraude comme
aux murailles de cette maison, et je ne
vis jamais rien de plus beau. Quel est ce
bijou, demanda-t-elle au génie, expli-
quez-le moi, je vous conjure. — C'est
mon présent de noces, madame, c'est là
représentation exacte du palais de l'île
où vous me demandez ce soir à souper....
Daignerez-vous, continua-t-il, en le lui
présentant, l'accepter d'avance pour prix
des faveurs que j'attends de vous. Ah !
répondit madame de Nelmours, nous
allons un peu vite en besogne ; vos diamans sont délicieux, et je les accepte
de tout mon cœur.... mais je voudrais
bien, je l'avoue, qu'ils ne m'engageassent
à rien..... Les arrangemens répugnent
à ma délicatesse. Eh bien ! cruelle, reprit le génie, faites donc tout ce qu'il
vous plaira... disposez de moi à votre
gré, tout vous appartient ici, mon château, mes bijoux, mes meubles, les
domaines que nous allons parcourir ce
soir ensemble, tout est à vous, et sans

arrangemens puisqu'ils vous déplaisent ;
je m'en rapporterai à votre cœur, et
j'attendrai tout des dispositions que je
m'efforcerai d'y faire naître. Aussi-tôt la
table où est l'édifice de diamans s'en-
fonce sous terre, et rapporte au lieu du
précieux bijou, des fruits glacés de
toute espèce ; le génie engage la comtesse à se rafraîchir, elle y consent,
mais non sans regretter bien amère-
ment la disparution du petit palais de
pierreries, dont la vue paraissait l'attacher beaucoup ; où est donc ce joli petit bijou, dit-elle avec inquiétude....
quoi vos promesses... Sont remplies, dit
le génie ; ce que vous regrettez, madame, orne déjà votre appartement. Ah
dieu ! répond notre héroïne après un peu
de trouble et de réflexion, je vois qu'il
faut prendre garde à ce qu'on dit ici,
les desirs qu'on y montre, s'y satisfont
avec une promptitude qui pourrait finir par m'alarmer... Quittons ce lieu
magique, rapprochons-nous un peu plus
de la terre, le jour baisse, peut-être l'île
où nous devons souper est-elle loin,

pressons-nous de nous y rendre; mais
ne serez-vous point effrayée madame,
poursuivit le génie, de la manière dont
nous allons quitter ce séjour céleste?—
Quoi, ne sera-ce point dans ce char volant qui m'y a conduite?— Non madame, apprenez toute l'horreur de mon
destin, dès que vous ne consentez
pas à me rendre heureux dans ce séjour, il ne m'est plus permis de prétendre à le revoir; dominé par l'influence
des planettes qui m'entourent, je suis
contraint par elles à perdre insensiblement chaque partie de mes états où je
n'éprouve que rigueurs des femmes que
j'ai desiré; l'île superbe des Diamans,
où je vais vous conduire, disparaîtra
de même pour moi, si vous ne vous
déterminez pas à devenir ma femme.—
Ainsi vous allez donc perdre ce joli petit
château de cartes?— Oui madame, il
va s'engloutir avec nous. — Vous me
faites frémir, cette manière de voyager
est bien dangereuse, moi qui ne vais
jamais en voiture, sans crainte d'y verser; jugez des peurs que vous allez me

faire. L'heure presse, madame, dit le génie, et nous n'avons pas un moment à perdre; daignez vous étendre sur ce canapé, couvrez-vous y avec vos femmes de ces rideaux de soie qui vous cacheront le danger, et n'ayez sur-tout aucune crainte.

A peine ces mots sont-ils prononcés, à peine la comtesse est-elle enveloppée, qu'un coup de tonnerre affreux se fait entendre, et dans un clin d'œil sans avoir éprouvé d'autre mouvement que celui de se sentir descendre comme par une trappe... tout-à-coup elle se trouve en ouvrant ses rideaux, dans une espèce de trône, placé sur le tillac d'une felouque, voguant sur cette même mer où s'était livré le combat; elle s'y trouvait au milieu de douze petits vaisseaux, dont les cordages n'étaient formés que par des traits de lumières, les mâts, les ponts, les agrès, la caisse du navire, tout n'offrait que des masses de feu. Les rameurs étaient des jeunes filles de seize ans, faites à peindre, couronnées de roses, et simplement vêtues de pantalons couleur de chair qui, leur comprimant la taille, dessinaient agréablement toutes leurs formes.

Eh bien! dit le génie à la comtesse, en s'approchant respectueusement d'elle, avez-vous été fatiguée de la route? — Il serait difficile de la faire plus doucement; mais montrez-moi donc le point dont nous sommes partis; le voilà madame, dit le génie, mais il ne reste plus aucuns vestiges ni du rocher ni du château.

Effectivement, tout s'était abîmé à-la-fois, ou plutôt tout s'était artistement transformé en la felouque charmante qu'occupait maintenant la comtesse.

Cependant les matelots rament... les flots gémissent sous leurs efforts multipliés, lorsque tout-à-coup une musique enchanteresse se fait entendre sur les galères qui voguent de conserve avec celle de notre héroïne; ces orchestres sont disposés de façon qu'ils se répondent mutuellement à la manière des fêtes d'Italie, et la musique ne cesse point de toute la route; mais elle varie

autant par les divers morceaux qui s'exécutent, que par la différence des instrumens. L'on entend de ce côté des flûtes
mêlées aux sons des harpes et des guit-
tares; ailleurs, ce ne sont que des voix;
ici, des haut-bois et des clarinets; là,
des violons et des basses; et par-tout de
l'ensemble et de l'accord.

Ces sons flatteurs et mélodieux... ce
bruit sourd des rames qui s'abaissent
de partout en cadence... ce calme pur
et serein de l'atmosphère, cette multitude de feux répétés dans les glaces de
l'onde... ce silence profond, pour qu'on
ne puisse entendre que ce qui sert à la
majesté de la scène... tout séduit et
enivre les sens, tout plonge l'âme dans
une mélancolie douce, image de cette
volupté divine qu'elle se peint dans un
monde meilleur.

L'on entrevoit enfin l'île de Diamans,
le génie de la lune se hâte de la faire appercevoir à celle qu'il y conduit; il était
aisé de la distinguer, non-seulement par
les rayons lumineux qui s'en échappaient
de tout côté, mais plus encore au bâti-

ment superbe qui en forme le centre.

Cet édifice d'ordre corinthien est une rotonde immense, soutenue de colonnes qui ressemblent à des diamans par les feux clairs dont elles sont formées. Le dôme est d'un feu pourpre, imitant la topaze et le rubis, et qui contrastant on ne saurait mieux, avec le feu blanc des colonnes, imprime au total de cet édifice l'air du palais de la divinité même; on ne saurait rien voir de plus beau.

Voilà madame, dit le génie, l'île où vous avez desiré de souper; mais avant que d'y aborder, il m'est impossible de ne pas vous confier mes craintes...Vous le voyez, je ne suis plus dans mon élément, le génie de l'air qui a bien voulu vous envoyer à moi, peut venir vous reclamer dans cette île, où trop faible pour oser le combattre, il faudra que j'aie la douleur de vous céder. Je n'ai donc plus que votre cœur qui puisse me rassurer, madame; daignez me dire au moins que ses mouvemens seront en ma faveur... Arrivons... arrivons dit

madame de Nelmours, que la fête que
vous me préparez soit jolie, et nous verrons ce que je ferai pour vous.

A ces mots l'on prend terre au bord
d'une route couverte de fleurs, illuminée
de droite et de gauche par des faisceaux
de lumières, représentant des groupes
de nayades, dont les bouches et les ma-
melles lancent au loin des jets d'une
eau claire et limpide. La comtesse descend au bruit des instrumens de sa
flotte, conduite par le génie, et suivie
d'une foule de nymphes, de dryades, de
faunes et de satyres qui l'accompagnent
en folâtrant autour d'elle; elle arrive
ainsi au palais de Diamans.

Au milieu de la rotonde, aussi magnifiquement décorée à l'intérieur, que su-
perbement éclairée en dehors, paraît
une table ronde, disposée pour cinquante personnes, illuminée par des re-
flets de lumière qui partent du ceintre
de la voûte, sans qu'on puisse voir les
foyers qui les lancent. (1) Le génie de

_____

(1) Il serait bien à desirer que les illumi-
nateurs des jardins que l'on destine aux fêtes

la lune présente à la comtesse de Nelmours un cercle de génies des deux
sexes, en lui demandant la permission
de les faire placer au festin préparé pour
elle. La comtesse l'accorde, et l'on se
met à table.

Dès qu'elle y est, une musique douce
et voluptueuse se fait entendre du haut
de la voûte, et dans le même instant,
vingt jeunes Sylphides descendent des
airs, et garnissent la table avec autant
d'art que de promptitude. Au bout de
dix minutes, d'autres divinités aériennes
enlèvent l'ancien service, et le renou-
vellent avec la même rapidité, paraissant se perdre en remontant dans des
nuages qui tourbillonnent sans cesse au
ceintre de la voûte, et dont elles ont l'air
de descendre chaque fois qu'il faut varier les mets qu'elles en apportent; ce

---

à Paris, adoptassent cette méthode, et sur-
tout n'éclairassent jamais par en bas; ils
éblouissent par ce procédé et n'éclairent
point. Comment attendre des succès en s'éloi-
gnant autant de la nature; est-ce d'en bas
que partent les rayons de l'astre qui éclaire
le monde?

qui fut fait douze fois pendant le repas.

A peine le fruit eut-il paru, qu'une musique brillante et guerrière remplace celle du souper..... Oh ciel ! je suis perdu, madame, dit le génie qui venait de faire les honneurs de la fête, mon rival vient.... j'entends Oromasis, et je ne puis me défendre contre lui, il dit : le bruit redouble ; Oromasis paraît au milieu d'une troupe de Sylphes, et volant aux pieds de sa maîtresse, je vous retrouve enfin, madame, s'écrie-t-il, et mon ennemi vaincu sans combattre, ne saurait vous disputer à moi. Puissant génie, répondit aussi-tôt la comtesse, rien n'égale le plaisir de vous revoir ; mais je vous conjure de traiter humainement votre rival.... je ne puis que me louer de sa magnificence et de ses gentillesses. Qu'il soit donc libre, madame, reprit Oromasis, je brise les fers que je pouvais lui donner, qu'il jouisse même aussi facilement que moi, du bonheur de vous voir sans cesse.... mais daignez me suivre ; de nouvelles surprises vous attendent ; volons vers les lieux où elles se disposent.

On reprend le chemin de la flotte, on s'éloigne de l'île des Diamans, et l'on regagne les états du prince de l'Air. Une salle de spectacle superbe, et dont l'extérieur était magnifiquement illuminé, s'offrait au débarquement.... La comtesse de Nelmours y voit exécuter *Armide* par les premiers sujets de l'Opéra. Le spectacle fini, l'équipage le plus leste et le plus agréable ramène enfin la comtesse chez son amant par des avenues illuminées, remplies de danses et de fêtes bourgeoises.

Madame, dit Ceilcour, en conduisant dans son appartement celle qu'il fête, nous allons vous laisser; tant d'aventures nous attendent demain, que pour vaincre les périls quelles offrent, il est juste que vous preniez quelques heures de tranquillité. Peut-être ce repos que vous me conseillez sera-t-il un peu troublé, dit la comtesse, en se retirant; mais je vous en cacherai la cause. — Puis-je la redouter, madame? — Ah! séduisant mortel, elle n'est à craindre que pour moi, et madame de Nelmours rentre dans les pièces

pièces charmantes qui lui sont prépa-
rées; elle y trouve les mêmes filles qui
l'ont baignée et servie en arrivant. Mais
de quelle profusion de richesses toutes
les parties de cet appartement se trou-
vent-elles décorées? La comtesse y voit
non-seulement tous les colifichets....
tous les bijoux qu'elle a choisis le matin
aux foires qui se tenaient dans les avenues, mais même tous ceux qu'elle a
desirés.... tous ceux où ses regards ont
paru se porter avec un peu plus d'intérêt....Elle avance; une pièce qui ne se
trouvait pas dans le plan de sa maison de
Paris, s'ouvre aussi-tôt devant elle; elle
y reconnaît le boudoir de Japon qu'elle
a vu chez le génie de la Terre, également
ment décoré dans le milieu, d'une table,
où se trouve le petit palais de diamans.
Oh! c'est trop fort, s'écrie-t-elle, et que
prétend Ceilcour? Vous supplier d'accepter ces bagatelles, madame, répond
une de ses femmes; elles sont toutes à
vous; nos ordres sont de les emballer
aussi-tôt, et demain à votre réveil tout
sera chez vous.—Et même le petit palais

Tome I.   I

de diamans ? — Assurément, madame; monsieur de Ceilcour serait bien désolé que vous ne l'acceptassiez pas. En vérité, cet homme est fou, dit la coquette, en se faisant déshabiller.... il est fou, mais il est charmant; je serais la plus ingrate des créatures, si je ne récompensais pas de tels procédés par tous les sentimens qu'ils m'inspirent.... Et madame de Nelmours plus séduite que délicatement éprise, plus flattée que sensible, s'endormit au milieu de ses songes délicieux produits par le bonheur.

Le lendemain matin vers dix heures, Ceilcour vint demander à sa dame si elle avait bien reposé... si elle se sentait assez de force et de courage pour aller voir le génie du feu, dont les états confinaient les siens. J'irais au bout de la terre, aimable génie, reprit la comtesse..... non sans quelques craintes de m'égarer, je l'avoüe.... mais qui sait si je n'aimerais pas autant me perdre avec vous, que de me retrouver avec un autre. Au reste, expliquez-moi je vous prie ce qu'on a fait de toutes ces parures, de tous ces bijoux char-

mans qui étaient hier dans ma chambre?
—Je l'ignore, madame, je n'ai pas plus
coopéré à les faire placer dans votre
appartement, que je ne me suis mêlé de
les en faire sortir.... tout cela doit être
l'ouvrage du destin; invinciblement enchaîné par ses décrets, je ne suis libre
sur rien, et vous le maîtrisez bien plus
par vos desirs, que je ne le soumets par
ma puissance..... moi je l'implore, et
vos yeux l'asservissent. Tout cela est
charmant, reprit la comtesse; mais vous
n'avez pas imaginé sans doute de me
faire accepter des présens de cette magnificence; il y a parmi tout cela un
petit palais de diamans qui m'est venu
dans la tête toute la nuit, et qui vaut,
je le parierais, plus d'un million.... vous
sentez-bien qu'on ne donne pas de ces
choses là. J'ignore absolument ce que
vous voulez dire, madame dit Ceilcour;
mais il me semble que s'il arrivait qu'un
amant offrit un million par exemple
à celle qu'il adore, à supposer que ce
qu'il attendît en retour de cette femme
idolâtrée valût à ses yeux le double,

non-seulement la maîtresse ne devrait se
faire aucun scrupule de recevoir, mais
vous voyez que l'amant serait encore en
reste. — Voilà le calcul de l'amour et
de la délicatesse, mon ami; je l'entends,
et j'y répondrai comme je le dois......
allons voir votre génie du feu..... oui,
oui dissipez-moi par quelques flammes
étrangères...... les miennes pourraient
bien me faire faire ici quelqu'extrava-
gance, dont malgré toute votre galanterie j'aurais peut-être un jour à me repentir, partons,

Un aérostat des plus élégans attendait
la comtesse; madame, dit Oromasis,
l'élément où je préside me permet rarement de voyager d'une manière différente que dans des voitures de cette espèce. Ce fut moi qui les fit connaître aux
hommes; ne redoutez aucun danger
dans celle-ci, elle est dirigée par deux
de mes génies qui lui feront fendre l'air
avec rapidité, mais qui ne la tiendront
jamais à plus de douze ou quinze toises
d'élévation; la comtesse s'asseoit sans
peur sur un canapé charmant, placé

le long de la balustrade; le génie est à
ses côtés, et au bout de trois lieues par-
courues en moins de six minutes, le
ballon s'abat sur une petite élévation;
nos amans descendent au milieu de leur
suite qu'ils y trouvent déjà rassemblée;
Puissante les reçoit; et tous les yeux
se fixent vers le tableau qui doit intéresser.

Sur une esplanade d'environ six ar-
pens, dirigée en amphithéâtre, de manière qu'aucune partie de l'optique ne
peut échapper à l'œil, se trouve une
ville entière, ornée de bâtimens superbes; des temples, des tours, des pyra-
mides s'élèvent dans les nues, on y dis-
tingue les rues, les murailles, les jardins qui l'entourent, et le grand chemin
qui y conduit, au bord duquel est le
tertre où se trouvent Ceilcour et sa dame.
Sur la droite de ce point de vue, rela-
tivement aux spectateurs, s'élève un volcan énorme qui vomit jusqu'au ciel, les
feux nourris dans ses entrailles, et les
nues obscurcissant le Soleil paraissent
recéler la foudre au milieu d'elles.

I 3

Nous voilà aux portes des états du génie qui préside au feu, madame, dit Oromasis ; mais il est prudent de nous arrêter ici, jusqu'à ce qu'il nous ait fait savoir s'il est possible d'entrer en sûreté dans sa ville ; le séjour en est bien dangereux.

A peine Ceilcour a-t-il dit ces mots, qu'une salamandre élancée du volcan , vient tomber aux pieds de celle pour qui sont préparés tous ces jeux, et s'adressant à Ceilcour, Oromasis, dit-elle, le génie du Feu m'envoie pour vous prévenir de ne point entrer dans sa ville, que vous ne lui ayiez envoyé d'avance la dame qui est avec vous ; il l'a vue.... il l'aime, et prétend l'épouser sur l'heure ; toute alliance est rompue, si vous lui refusez ce don, et il va lancer sur vous et ce qui vous entoure, tous les feux dont il dispose, pour vous contraindre à le satisfaire. Allez dire à votre maître, répondit Ceilcour, que je céderais plutôt ma vie que ce qu'il exige ; je venais le voir à titre d'ami.... nous le sommes, il sait combien ses forces augmentent par les miennes, et l'utilité dont je lui suis, ne me permettait pas de croire à des procédés de la sorte.... Qu'il fasse tout ce qui lui plaira, je suis à couvert de ses foudres.... qu'il les lance, nous jouirons de leurs effets sans les redouter, et son impuissante colère n'aura servi qu'à nos plaisirs. La prépondérance que la nature m'a donné sur lui, s'étend plus loin qu'il ne le croit et lorsque j'aurai ri de sa débilité, je lui ferai sentir mon suprême pouvoir.... La Salamandre repart à ces mots.... deux minutes suffisent à la r'engloutir dans le volcan.

Aussi-tôt le ciel s'obscurcit, l'éclair sillonne la nue, des tourbillons mêlés de cendre et de bitume, s'élancent du sein de la montagne, et retombent en serpentant sur les bâtimens de la ville... des laves s'entr'ouvent... des ruisseaux de feu viennent couler dans toutes les rues... la foudre se fait entendre... la terre tremble... les flammes vomies du volcan avec mille fois plus d'impétuosité, se réunissant au feu du ciel et aux secousses de la terre, brûlent, détruisent,

renversent les édifices de cette ville superbe qu'on voit s'abîmer de toutes
parts... les tours qui tombent en ruines,
les temples qui se consument... les obé-
lisques qui s'écroulent, tout glace l'âme,
tout la remplit d'effroi, tout est l'image
ténébreuse de ces destructions moder-
nes de l'Espagne et de l'Italie, imitées
par l'art dans cette circonstance, d'une
manière à faire tressaillir... Ah! quelle
sublime horreur, s'écria la comtesse,
comme la nature est belle, même dans
ses désordres; en vérité ceci pourrait
servir de matière à des réflexions bien
philosophiques.

Peu à peu cependant l'horison s'é-
claircit, les nuages se dissipent insensiblement, la terre s'ouvre, elle engloutit des monceaux de cendres, et
les débris d'édifices qui la surchar-
gent...... La scène varie, le point de
vue qu'elle offre est un paysage délicieux de l'Arabie heureuse... Là, coulent des ruisseaux limpides bordés de
lys, de tulipes et d'acacia; ici se voyent
des labyrinthes de lauriers, se perdant à

l'entrée d'une forêt de tamarins; d'une
autre part des allées grotesques et irré-
gulières de palmiers, d'azula et de l'arbre aux roses; ailleurs, on voit de jolis
bosquets de gélingues et de déleb, où
symétrisent agréablement des haies de
cardémonium et de gingembre; dans le
lointain de gauche se voit une forêt de
citroniers et d'orangers, pendant que la
perspective de droite, encore plus pitto-
resquement terminée, ne présente que de
légers monticules où croissent en abon-
dance le jasmin, le café et le cannellier.
Le milieu de ce paysage enchanteur est
orné d'une tente à la manière de celles
qui servent aux chefs des Arabes Bé-
douins, mais infiniment plus magnifique.
Celle-ci de satin des Indes broché d'or,
s'élève en dôme à plus de quatre-vingt
pieds de terre, toutes les cordes qui la
rattachent sont de pourpre enlacées
d'or, et des crépines superbes l'enrichis-
sent à l'entour. Avançons, dit la fée, et
ne redoutons plus la colère de ce génie,
elle cède à notre puissance, il ne lui
reste plus d'autre faculté que celle de

I 5

nous faire du bien. La comtesse toujours
plus surprise, prend le bras de Ceilcour
en l'assurant qu'il est rare de savoir porter jusques à ce point la magnificence et
le goût.

On arrive dans les états du génie Salamandre ; il se prosterne en voyant
celle qu'on lui amène ; il lui demande
mille pardon d'avoir pu conspirer contre
elle un moment. Rien ne corrompt les
princes comme l'autorité, madame lui
dit-il ; ils en abusent pour satisfaire leurs
caprices, accoutumés à ne trouver d'obstacle à rien, en survient-il pour eux, ils
s'irritent, il leur faut des malheurs pour
leur rappeller qu'ils sont hommes. Je
rends grâce au destin, de ceux qui m'ar-
rivent ; en modérant l'ardeur de mes desirs, ils m'apprennent à n'en plus former que de sages... J'étais prince... et
me voilà berger; mais puis-je regretter
ce changement d'état, puisque c'est à
lui seul que je dois le bonheur de vous
posséder ici. Nelmours répond comme
elle le doit à cette flatteuse réception,
et l'on s'approche de la tente. Elle était

préparée pour un repas champêtre....
mais quelle agreste décoration! Madame, dit le nouveau berger, je ne puis
offrir à mon vainqueur qu'un repas bien
frugal, daignerez-vous en être satisfaite?
Voilà une manière de servir un dîner
qui m'était inconnue, répondit la comtesse; le piquant dont elle est m'amuse.
L'intérieur de la tente représentait un
bois d'arbuste odoriférant, dont chaque
branche pliait sous la multitude d'oiseaux de diverses espèces qui paraissait
se reposer sur elle; tous ces oiseaux
imités d'après ceux des quatre parties
de la terre, étaient garnis de leurs plu-
mages comme s'ils eussent existé.... on
les prenait, ou l'animal lui-même était
rôti sous ce plumage factice, ou son
corps s'ouvrait et renfermait au-dedans
de lui les mets les plus délicats et les plus
succulens. Des siéges de gazon, irrégu-
lièrement placés en face d'une petite élévation de terre, couverte de fleurs, formaient à chaque convive des places et
des tables, et donnaient au total de ce

I 6

repas champêtre, l'air d'une halte de
chasseurs sous un bocage frais.

Berger, dit Ceilcour au génie, après le
premier service, une telle façon de
manger peut devenir incommode à la
princesse, trouvez bon que j'ordonne un
instant chez vous; puis-je vous résister,
répondit le génie; ne connaissez-vous
pas votre ascendant sur moi.... au même
instant un coup de baguette ramène une
table à l'usage ordinaire, représentant un
parterre émaillé de fleurs d'Arabie les
plus belles et les mieux parfumées sur
lequel étaient jonchés sans ordre les
fruits de toutes les saisons et de tous les
mondes possibles. Par un art étonnant
du décorateur, on n'avait besoin ni de
se déranger, ni de changer de place,
le même siége en s'abaissant replaçait
chacun autour de la table, et tout se
variait dans un clin-d'œil.

Ce service achevé, le génie chez lequel on était, proposa à la comtesse de
venir prendre des glaces dans ses bosquets. Au sortir de la tente, on pénètre
dans des allées délicieuses, formées de

toutes les espèces d'arbres fruitiers qu'il
est possible de voir au monde, dont
chacun porte sur ses branches le fruit
qui lui est propre.... mais glacé et coloré
au point de tromper tous les yeux. Nelmours séduite la première, se récrie
sur la singularité de voir des pêches et
des raisins superbes dans la saison où l'on
est, de voir la noix de coco, le fruit
à pain, l'ananas, aussi frais qu'au sein
même des contrées où ces fruits sont
communs; Ceilcour alors détachant un
citron des Antilles, lui fait voir que
ces fruits imités réunissent à leur goût
naturel le moëlleux des glaces les plus
exquises. En vérité, s'écria madame de
Nelmours, voilà encore une extrava-
gance qui passe tout ce qu'on peut dire,
et pour le coup j'espère que vous serez
ruiné de l'aventure. Le regretterai-je,
quand ce sera pour vous, dit Ceilcour en
serrant amoureusement la main de madame de Nelmours, et ravi de la voir
d'elle-même saisir, comme on le verra
bientôt, un des points le plus essentiel
de ses épreuves...... Ah! continua-t-il

ardemment, si jamais ma fortune se
trouvait dérangée pour vous plaire, ne
m'offririez-vous pas dans la vôtre les
ressources qui pourraient la réparer?
Qui en doute, répondit froidement la
comtesse, en cueillant des jujubes gla-
cées.... il vaut pourtant mieux ne pas se
ruiner... tout cela est charmant, mais je
veux que vous soyez sage.... je me flatte
que vous n'avez pas tant fait d'extrava-
gance pour cette petite Dolsé.... si je le
croyais, je ne vous le pardonnerais pas;
la compagnie qui s'approchait empêcha
Ceilcour de répondre, et la conversation
devint générale.

On parcourut ces bosquets enchanteurs, on y goûta de tous les fruits possibles, insensiblement la nuit vint, et
conduit par Ceilcour, on arriva sans s'en
douter sur un monticule dominant un
vallon très-creux, où régnait une obscurité profonde. Oromasis, dit le génie de
chez qui l'on sortait, je crains que vous
ne soyez trop avancé. Bon, dit madame
de Nelmours, voici encore quelques surprises; ce cruel homme ne nous laissera

pas un instant réfléchir aux plaisirs que
nous quittons, on n'a pas avec lui le
temps de respirer. Mais qu'est-ce donc,
demanda Ceilcour ? vous savez, répondit
le génie du feu, que mes états avoisinent
les îles de la mer Egée où les cyclopes tra-
vaillent pour Vulcain. Ce vallon dépend
de Lemnos ; et, comme dans ce moment-ci la guerre est déclarée entre les
Dieux et les Titans (1), je suis persuadé
que le fameux forgeron de l'Olympe va
venir passer la nuit dans son atelier ; ne
risquerez-vous rien en vous approchant?
Non, non, répondit Oromasis ; ma sœur

---

(1) Titans ou Teuts habitans les environs
du Vésuve, dans la Campánie. On prétendait
qu'ils se servaient de ce volcan comme d'une
arme pour attaquer le Ciel ; ils livrèrent près
de là, une fameuse bataille où ils furent dé-
faits, telle est l'origine de la fable connue :
cette idée qu'ils attaquaient le Ciel venait
de leur extrême impiété et de leurs perpé-
tuels blasphêmes contre les dieux. Ces peuples
vaincus passèrent en Allemagne ; et prirent le
nom de Teutons. Leur taille très-élevée les fit
long-temps prendre pour une race de géans.

et moi nous ne nous quittons point, et son pouvoir conservateur nous met à l'abri des dangers. Un artifice charmant, je le vois, dit la comtesse, mais au moins ce sera tout, car je vous quitte décidément après; j'aurais à me reprocher vos extravagances, si je les partageais plus long-temps.

A peine a-t-elle dit, que les cyclopes entrent dans la forge; c'étaient des hommes hauts de douze pieds, n'ayant qu'un œil au milieu du front, et paraissant entièrement de feu. Ils commencent à forger des armes sur des enclumes immenses; à tous les coups de marteaux qu'ils appuient, il jaillit de chaque enclume, des millions de bombes et de fusées qui se croisant en sens divers remplissent l'espace d'un feu continuel. Un coup de tonnerre éclate, le feu cesse, Mercure du haut des cieux descend chez les cyclopes; il aborde Vulcain, qui lui remet des faisceaux d'armes, une entr'autres où le dieu des forgerons met le feu devant l'envoyé du ciel, et de laquelle dix mille bombes sortent à-la-fois. Mercure, saisit l'arme et revole aux cieux..... l'olympe s'ouvre, la scène élevée à plus de cent toises de terre offre l'assemblée complète de toutes les divinités de la fable, dans un jour clair et serein formé par les rayons d'un Soleil immense qui brûle à cinq-cents pieds au-dessus... Mercure arrive aux pieds de Jupiter, qu'une taille majestueuse et qu'un trône superbe distinguent des autres dieux, il lui remet les armes apportées de Lemnos. L'attention due à ce nouveau spectacle empêche qu'on ne voie les changemens opérés dans les bas. Bientôt le bruit qu'on entend y ramène. Tout le devant de la perspective n'est plus occupé que par les Titans prêts à braver les dieux; ils accumulent des rochers..... les dieux s'arment, c'est un bouleversement universel, c'est un mouvement admirable qu'éclairent et le Soleil du haut, et par esl bas d'énormes faisceaux de gerbes à tous momens lancées vers l'olympe.... Peu-à-peu l'entassement des pierres paraît prêt à toucher le ciel, les géans escaladent; les feux qu'ils jetent en gra-

vissant leurs rochers, réunis à ceux qui
partent de la terre, éclipsent aussi-tôt la
lumière des cieux.... toutes les divinités s'agitent, toutes frémissent ou combattent. Les torrens de bombes lancées
par l'arme affreuse de Vulcain, les coups
innombrables de foudre, mettent enfin
le désordre parmi les géans. A mesure
que les uns s'élèvent, les autres sont
culbutés; la vigueur, le courage de quelques-uns, les font cependant atteindre
aux nuées même qui enveloppent les
dieux; l'espoir renaît, les rochers se ren-
tassent, les géans reparaissent, ils se
multiplient tellement, qu'on les distin-
gue à peine au milieu des tourbillons
de flammes et de fumées dont ils sont
couverts..... Mais les foudres redou-
blent également dans l'olympe, elles
parviennent à dissiper enfin cette race
présomptueuse, et à les précipiter à-là-
fois dans le gouffre effrayant qui s'entr'ouvre pour les recevoir; tout se ren-
verse, tout s'écroule, on n'entend que
des gémissemens et des cris; plus la
masse qui s'engloutit presse sur les bou-

ches de l'Erèbe, plus elles s'élargissent ;
tout disparaît, et c'est des cendres même
de ces infortunés que sont produits leurs
derniers efforts. On dirait que l'Enfer
veut servir leur révolte ; de ces ouver-
tures multipliées du Tartare s'élancent
vers les cieux un bouquet de quatre-
vingt mille fusées volantes, chacune d'un
pied de tour ; elles frappent les nues,
elles font disparaître l'Elisée, et cette
pièce énorme d'artifice, que n'égala jamais rien, et qui s'apperçoit de vingt
lieues, laisse retomber en éclatant, une
pluie d'étoiles si brillantes, que l'atmosphère, quoiqu'enveloppé des ombres de
la nuit la plus épaisse, en paraît pendant
un quart-d'heure aussi brillant que le
plus beau des jours.

Ah ciel ! dit la comtesse effrayée,
jamais rien d'aussi beau ne frappa mes
regards ; si ce combat eût lieu, il fut
assurément moins sublime que cette
représentation ne vient de nous le peindre... Oh mon cher Ceilcour, poursuivit-elle en s'appuyant sur lui, je ne vous
ferai jamais tous les éloges que vous mé-

ritez...Il est impossible de se mieux entendre à donner une fête, impossible
qu'il y règne à la fois plus d'ordre, plus
de magnificence et de goût. Mais je
vous quitte, il y a trop près de la magie à la séduction; j'ai bien voulu me
laisser enchanter, mais je ne veux pas
me laisser séduire, et en prononçant
ces mots, elle se laissait ramener par
Ceilcour, qui dans l'obscurité la conduisit insensiblement vers un cabinet de
jasmins, où il la pria de se reposer sur
un banc qu'elle crut de gazon; il se
plaça près d'elle, une espèce de dais que
la comtesse ne distingua point, les en-
veloppa tous deux aussitôt, de manière
que notre héroïne ne voit plus, ni où
elle est, ni le cabinet dans lequel elle
s'imagine être entrée. Encore de la magie, dit-elle. — Blâmez-vous celle qui
nous unit aussi intimement, celle qui
nous cache aux yeux de l'univers, comme
si nous fussions les seuls êtres qui ha-
bitassent le monde? Moi, je ne blâme
rien, dit la comtesse toute émue, je voudrais seulement que vous n'abusassiez

pas du délire où vous venez de plonger
mes sens pendant vingt-quatre heures.
— Ce que vous dites serait une séduction, vous vous êtes déjà servi de ce
mot ; or songez-vous qu'un tel procédé,
ne suppose que de l'artifice d'une part,
et de la faiblesse de l'autre ; serait-ce
donc là, madame, où nous en serions
tous les deux. — J'aime à supposer que
non. — Eh bien ! si cela est, quelque
chose qui puisse arriver, tous les torts
appartiendront à l'amour, et vous n'aurez pas eu plus de faiblesse que je n'aurai mis de séduction.—Vous êtes l'homme
le plus adroit. — Oh beaucoup moins
que vous n'êtes cruelle. — Non, ce n'est
pas cruauté, c'est sagesse. — Il est si
doux de l'oublier quelquefois. — Eh
bien oui... mais les repentirs ! — Bon,
qui pourraient les faire naître, tenez-
vous encore aux misères ? — On ne saurait moins je vous jure... je ne crains
que votre inconstance, cette petite
Dolsé me désespère. — N'avez-vous donc
pas vu comme je vous l'ai sacrifiée. —
J'en ai trouvé la manière aussi adroite

que délicate.... mais comment croire à tout cela? — La meilleure façon dont une femme puisse s'assurer de son amant est de l'enchaîner par des faveurs. — Vous croyez? — Je n'en connais pas de plus sûres. — Mais où sommes-nous ici je vous prie... peut-être au fond d'un bois, éloignés de tout secours... Si jamais vous alliez entreprendre... la chose du monde la plus inconséquente; j'aurais beau appeller, personne ne viendrait. — Mais vous n'appellerez point? — C'est selon ce que vous oserez. — Tout, et Ceilcour tenant sa maîtresse dans ses bras, cherchait à multiplier ses triomphes. — Eh bien! ne l'ai-je pas dit, reprit la comtesse, en se laissant aller mollement, ne l'ai-je pas prévu... voilà où tout cela conduit, vous allez exiger des extravagances? — Vous ne me les défendez-pas? — Eh comment voulez-vous qu'on défende rien ici? — C'est-à-dire que je ne vous aurai dû qu'à l'occasion, ma victoire ne sera l'ouvrage que des circonstances... Et en disant cela Ceilcour avait l'air de se réfroidir;

au lieu de presser le dénouement, il le
retardait. Mais point du tout, dit la comtesse, en lui faisant regagner tout le
chemin qu'il venait de perdre.... voulez-vous qu'on se jette à la tête des gens...
Voulez-vous enfin me contraindre à vous
faire des avances. — Oui, c'est une de
mes manies, je veux que vous me di-
siez... que vous me prouviez que l'illusion où les circonstances ne sont d'aucun
poids dans ma conquête, et que fussai-je
l'être le plus obscur ou le plus malheureux, je n'en obtiendrais pas moins
de vous ce que j'en exige. — Eh !
mon dieu qu'importe tout cela ... moi
je vous dirai tout ce que vous voudrez,
il y a des momens dans la vie où rien
ne coûte à dire, et je parierais presque
que vous venez de faire naître un de ces
ces momens-là. — Vous exigez-donc que
j'en profite ? — Je n'exige pas plus que
je ne défends, je vous ai déjà dit que
je ne savais plus ce que je faisais. Permettez-donc, madame, dit Ceilcour en
se relevant, que la raison ne m'abandonne pas de même ; mon amour plus

éclairé que le vôtre veut être pur comme
l'objet qui l'anime ; si j'étais aussi faible
que vous, nos sentimens seraient bientôt éteints ; c'est à votre main où j'aspire,
madame, et non pas à de vains plaisirs qui n'ayant que la débauche pour
principe, ou le délire pour excuse, laissent bientôt au sein des regrets, ceux
qui pour s'y livrer, oublièrent à-la-fois
l'honneur et la vertu ; mon procédé vous
choque en cet instant où votre âme exal-
tée voudrait se rendre à des desirs nés
de la situation ; réfléchi quelques heures,
il ne vous offensera plus ; c'est l'époque
où je vous attends, c'est celle où vous
me verrez à vos pieds, madame, demander pour l'époux les excuses de l'a-
mant. Oh monsieur ! que je vous ai d'o-
bligation, dit la comtesse en se remet-
tant, puissent les femmes qui s'oublient,
trouver toujours des hommes aussi sages
que vous. De grâce ordonnez qu'on amène
une voiture, et que j'aille au plutôt pleurer chez moi et m'a faiblesse et vos séductions. — Vous êtes dans la voiture
que vous demandez, madame, c'est une
berline

berline allemande qu'enlèveront à vos
ordres six chevaux anglais : c'est le dernier effet de la magie du prince de l'air,
mais non pas les derniers présens de
l'heureux époux de Nelmours. Monsieur,
répondit cette femme égarée, au bout
de quelques instans de réflexion.... je
vous attends chez moi, pénétrée de tendresse et de reconnaissance.... vous m'y
verrez peut-être plus sage, mais pas
moins empressée de vous appartenir.
Ceilcour ouvre la portière..... il descend, un laquais referme en demandant
l'ordre. Chez moi, dit Nelmours; les
chevaux s'élancent, et notre héroïne
qui se croyait sur un lit de verdure, au
fond d'un cabinet de jasmins, se trouve
en peu d'heures à Paris, dans une voiture magnifique qui lui appartient.

Les premiers objets qui frappèrent sa
vue en rentrant chez elle, furent les
superbes présens qu'elle avait reçus de
Ceilcour, parmi lesquels, le petit palais
de diamans n'était pas oublié. Toute réflexion faite, dit-elle en se couchant,
voilà un homme à-la-fois et bien sage

Tome I.   K

et bien fou. Ce doit être un excellent mari sans doute, mais c'est un amant bien froid, et il me semble que les sentimens de ce titre, saisis avec un peu plus de chaleur, n'auraient nullement nui à ceux de l'autre ; quoiqu'il en soit, laissons le venir ; le pis aller est de devenir sa femme, de donner des fêtes avec lui, et de le ruiner dans fort peu de temps ; il y a bien à cela quelques délices pour une tête comme la mienne ; couchons-nous donc dans ces douces idées, elles me tiendront lieu des réalités que je perds.... oh ! comme on a raison de dire, ajouta-t-elle en s'abandonnant à elle même, qu'il ne faut jamais compter sur les hommes.

Elle ne m'avait pas trompé celle-là; disait de son côté Ceilcour, avec beaucoup plus de sagesse... ô Dolsé, quelle différence ! La seconde partie de mes épreuves sur cette femme adorable deviendrait presqu'inutile à présent, continuait-il, toutes les qualités doivent être où la vertu fixa son empire ; autant je dois compter sur une femme qui ré-

siste si bien aux piéges des sens, autant
celle qu'entraîne la plus légère circonstance, doit avoir peu de suite dans le
caractère, et de bienfaisance dans le
cœur ; n'importe essayons, j'y suis résolu, je ne veux rien avoir à me reprocher.

A bien examiner l'état des deux
femmes éprouvées par Ceilcour, il était
à-peu-près le même : Dolsé avait reçu
des preuves d'amour, des présens, et
son âme d'une situation heureuse (en
apprenant tout ce qui venait d'arriver),
devait passer dans la position la plus
triste où une femme sage et sensible
puisse se trouver. Madame de Nelmours,
d'une autre part, avait également reçu
des preuves d'amour et des présens, et
son âme, d'une assiette douce et tranquille, devait passer, d'après la dernière
scène qu'elle venait d'avoir avec Ceilcour, dans une des situations la plus
piquante où une femme coquette et
orgueilleuse puisse se trouver. A l'égard
de leurs espérances, elles étaient les
mêmes, quelque chose qui fût arrivé,

toutes deux devaient compter sur la main
de Ceilcour; donc, au moyen de l'art de
celui qui faisait ses épreuves, la ressem-
blance complète de la manière d'être
de ces deux femmes, quoiqu'operéé par
des procédés différens, rendait l'équi-
libre parfait. Et les dernières expérien-
ces devaient agir à-peu-près également
sur elles, c'est-à-dire en faire essentiellement, résulter ou le bien ou le mal re-
lativement à la différence de leur âme.
Ce ne fut qu'après ces considérations
bien senties, que Ceilcour se détermina
à ses derniers essais.

Il reste exprès quatre jours à la campagne, et arrive le cinquième à Paris;
dès le lendemain il vend ses chevaux,
ses meubles, ses bijoux, renvoye ses
gens, ne sort plus, et mande à ses deux
maîtresses, qu'un accident affreux vient
de culbuter à l'instant sa fortune, qu'il
est ruiné, et que ce n'est plus que de
leurs bontés, et de leurs mains, qu'il
espère des secours dans le déplorable
état où il est. Les dépenses énormes
que venait de faire Ceilcour rendirent

bientôt ces nouvelles aussi publiques que croyables, et voici mot à mot les réponses qu'il reçoit des deux femmes.

DOLSÉ A CEILCOUR.

Que vous avais-je fait, monsieur, pour que vous portassiez le poignard dans mon sein? Je vous avais demandé pour toute grâce de ne pas feindre un sentiment que vous n'éprouviez pas ; je vous avais montré mon âme et sa délicatesse, vous l'avez déchiré par l'endroit le plus sensible, vous m'avez sacrifiée à ma rivale, vous m'avez conduite au tombeau. Mais cessons de parler de mes malheurs, aussitôt qu'il s'agit des vôtres ; vous me demandez ma main, venez voir l'état où vous m'avez mis, cruel, et vous reconnaîtrez si cette main peut encore être à vous....... j'expire, et quoique victime de vos procédés, c'est en vous adorant que je meurs ; puisse le faible secours, que je vous offre, rétablir un peu vos affaires et vous rendre digne de madame de Nelmours ; soyez heu-

reux avec elle, c'est le seul vœu qui
reste à faire à la malheureuse Dolsé.

P. S. *Il y a sous ce pli pour cent
mille francs de billets de la caisse
d'escompte ; je n'ai que cela de libre,
je vous l'envoie, acceptez cette baga-
telle offerte par l'amie la plus tendre...
par celle dont vous n'avez pas connu
le cœur, et dont votre main perfide
arrache aussi cruellement la vie.*

LETTRE DE NELMOURS.

*Vous vous êtes ruiné, je vous l'avais
bien dit, on ne fit jamais des folies
pareilles ; tout ruiné que vous êtes,
je vous épouserais néanmoins, s'il
m'était possible de vaincre l'horreur
que j'eus de tous les temps pour le
lien conjugal. Je vous ai offert d'être
mon amant, vous ne l'avez pas voulu..... vous en êtes fâché à présent ;
quoiqu'il en soit il y a remède à tout,
vos créanciers attendront, ils sont
faits pour cela.... voyagez.... il faut
se distraire quand on a du chagrin,*

c'est le conseil que je prends pour moi, je pars demain pour une terre de ma sœur en Bourgogne, d'où nous ne reviendrons qu'à Noël; je vous conseillerais cette petite Dolsé, si elle était riche; mais il n'y aurait pas dans toute sa fortune de quoi payer une de vos fêtes. Adieu, devenez-donc sage, et ne vous dérangez plus comme cela.

Ceilcour eut besoin de toute sa philosophie pour ne pas tympaniser dans tout Paris cette indigne créature, comme elle méritait de l'être; il se contenta de la mépriser, et sans regretter ce qu'elle lui coûtait, je suis trop heureux, s'écriat-il, d'avoir dévoilé un monstre à ce prix; ma fortune entière, mon honneur et ma vie, y eussent peut-être été compromis sans cette épreuve.

Le désespoir dans l'âme, véritablement inquiet de Dolsé, Ceilcour vole aussi-tôt chez elle; mais à quel point augmente sa douleur, quand il voit cette malheureuse et charmante femme, pâle,

défaite, abattue, et déjà presqu'environnée des ombres de la mort ; naturellement sensible et jalouse, adorant Ceilcour, elle avait reçu l'affreuse nouvelle
de la fête qu'il donnait à sa rivale, dans
un de ces momens de crise, où les femmes n'apprennent aucun malheur impu-
nément ; la révolution avait été terrible...
une fièvre brûlante en avait été la suite.
Ceilcour se jette à ses pieds ; il lui demande mille et mille excuses, et ne croit
pas devoir lui cacher l'épreuve qu'il avait
eue dessein de tenter. Je vous pardonne
celle que vous avez voulu faire sur moi,
repondit Dolsé ; accoutumé à vous méfier
des femmes, vous vouliez être sûr de
votre fait, rien de plus simple ; mais
après ce que vous aviez pu voir, deviez-
vous supposer qu'il existât dans le monde
une créature capable de vous aimer
mieux que moi ?

Ceilcour, qui n'avait point de torts re-
lativement à ses projets, mais qui par sa
seconde épreuve s'en trouvait effectivement d'impardonnables vis-à-vis de
Dolsé qui n'en avait nul avec lui, ne

put répondre que par ses larmes et par les témoignages du plus ardent amour. Il n'est plus temps, lui dit Dolsé, le coup est trop avant ; je vous avais peint ma sensibilité, vous lui deviez au moins quelques égards ; puisque votre ruine n'est qu'une feinte, je meurs avec une peine de moins.... mais il faut nous quitter, Ceilcour, il faut nous séparer pour jamais.... Je sors bien jeune d'une vie.... où vous pouviez me faire trouver le bonheur.... ah! qu'elle m'eût été chère avec vous, continua-t-elle, en prenant les mains de son amant et les arrosant de ses pleurs ; quelle épouse sincère et tendre, quelle amie fidelle et sensible vous eussiez trouvé dans moi!... Je vous aurais rendu heureux, j'ose le croire.... et comme j'eusse joui d'un bonheur qui serait devenu mon ouvrage!... Ceilcour fondait en larmes ; ce fut alors qu'il regretta bien sincèrement la fatale épreuve, qui n'avait servi qu'a lui faire connaître une *malhonnête* femme et qu'à lui en faire perdre une *divine*. Il conjure Dolsé quelque soit son cruel état

d'accepter au moins le titre de son épouse,
et de lui permettre d'en hâter la cérémonie. Ce serait un regret déchirant
pour moi dit Dolsé....... de quelles
larmes amères n'arroserais-je pas mon
tombeau en y descendant votre épouse,
j'aime mieux mourir avec la douleur de
n'en avoir pas mérité le titre, que de
l'accepter à l'instant cruel où je ne puis
m'en rendre digne.... non, vivez cher
Ceilcour, vivez, et oubliez-moi; vous
êtes bien jeune encore, dans quelques
années, tous les souvenirs d'une amie
de quelques jours se seront effacés de
votre cœur... à peine vous semblera-t-il
qu'elle ait existé pour vous. Si vous
daignez pourtant y penser quelquefois,
que cette amie que vous allez perdre,
ne s'offre à vous que pour votre consolation; rappellez le peu d'instans que
nous passames ensemble, et que cette
idée agitant doucement votre âme, la
console sans la déchirer. Mariez-vous,
mon cher Ceilcour, vous le devez à votre
fortune, à votre famille; tâchez que celle
que vous choisirez ait quelques-unes des

qualités que vous daignez chérir en moi ;
et si les êtres qui quittent ce monde,
peuvent recevoir des consolations de la
part de ceux qu'ils y laissent, croyez
que ce sera une véritable jouissance
pour votre amie, de vous savoir lié à une
femme, qui aura su du moins lui ressembler par quelque chose.

Une faiblesse affreuse prend à Dolsé
en finissant ces mots.... Rien n'est sensible comme l'âme de cette intéressante
femme.... elle venait de se faire violence ; la nature succombe, elle est aux
portes de la mort. On est obligé d'em-
porter Ceilcour dans une autre chambre,
son désespoir fait frémir tout ce qui l'entoure ; pour rien au monde il ne veut quitter la maison de cette femme idolâtrée...
on l'on arrache cependant. A peine est-il
arrivé chez lui qu'il tombe dans une maladie affreuse ; il est trois mois entre la
vie et la mort, et ne doit le retour à la
santé qu'à son âge et l'excellence de son
tempérament. On lui avait caché avec
soin pendant sa maladie la perte affreuse
qu'il venait de faire ; on lui apprit en-

fin la mort de celle qu'il aimait, il la
pleura le reste de ses jours ; il ne voulut jamais se marier, et n'employa ses
biens qu'aux plus saints actes de la bienfaisance et de l'humanité ; il mourut
jeune, regretté de ses amis, et donna par
cette fin désastreuse et prématurée, le
cruel exemple que le plus doux bonheur
de l'homme....la société d'une femme
qui lui convienne, peut le fuir, au sein
même de l'opulence et de la vertu.

Fin du tome premier.

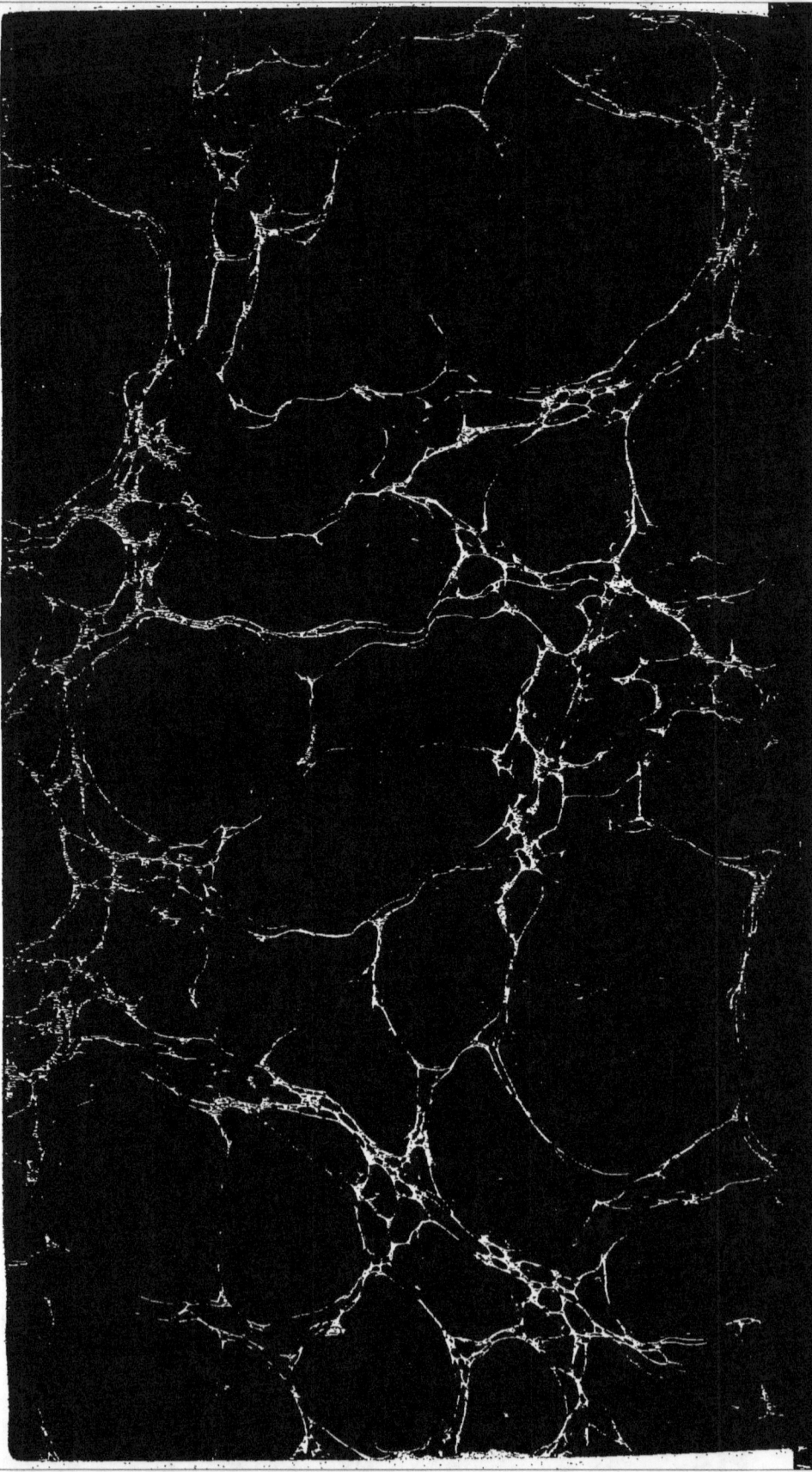

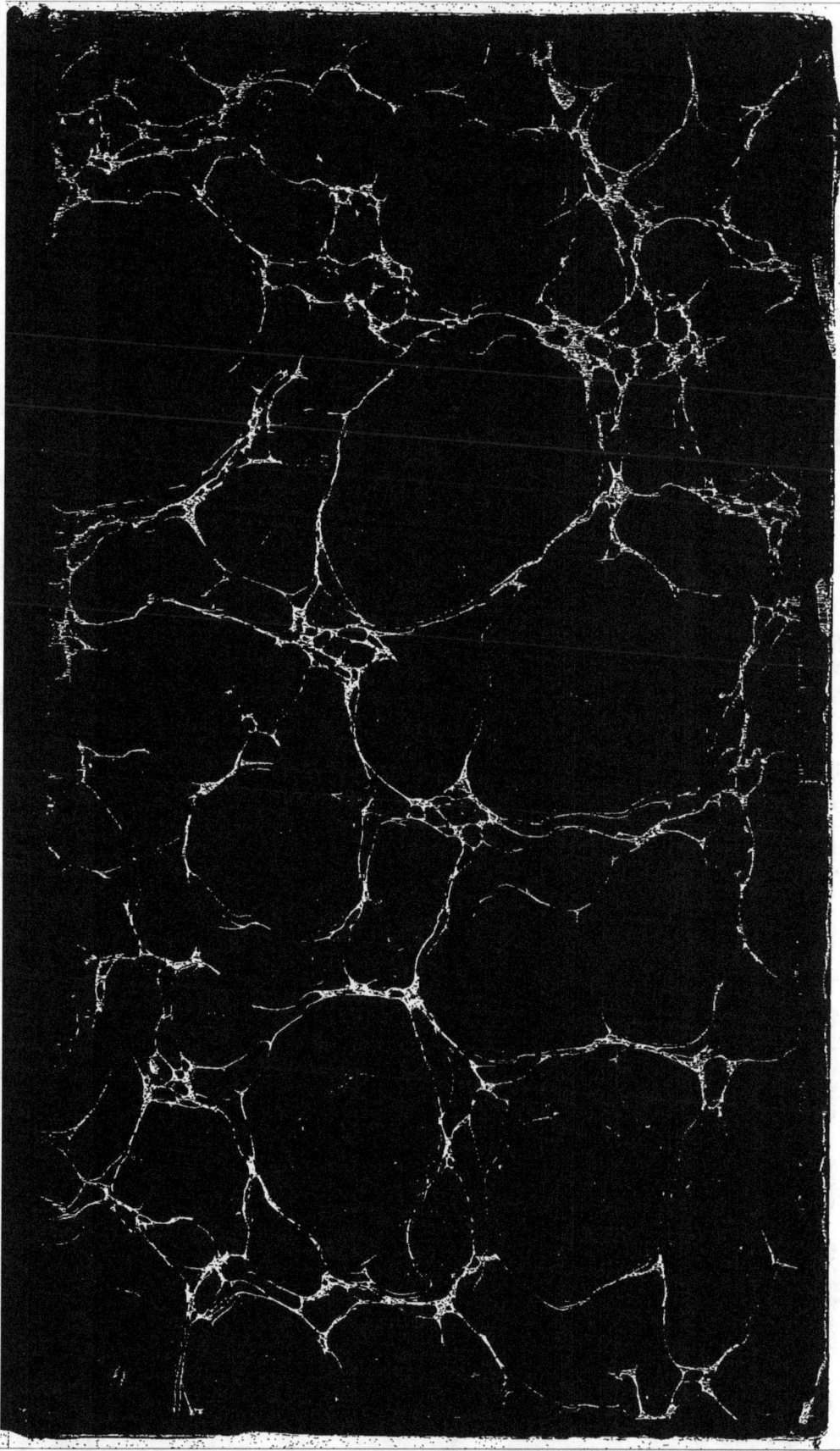